O espelho dos nomes

Ao meu irmão Marcelo,
menino-pássaro que bateu asas e
voou de volta para o céu.

O espelho dos nomes

Diretor editorial adjunto	Fernando Paixão
Editora adjunta	Carmen Lucia Campos
Editor assistente	Emílio Satoshi Hamaya
Coordenadora de revisão	Ivany Picasso Batista
Revisores	Agnaldo S. Holanda Lopes Luciene Lima Marcia Nóboa Leme Renato A. Colombo Jr.

Arte

Projeto gráfico	Katia Harumi Terasaka
Editora	Suzana Laub
Editor assistente	Antonio Paulos
Editoração eletrônica	Studio 3 Eduardo Rodrigues
Edição eletrônica de imagens	Cesar Wolf

CIP-BRASIL. CATALOGAÇÃO NA FONTE
SINDICATO NACIONAL DOS EDITORES DE LIVROS, RJ

B134e
Bagno, Marcos, 1961 -
O espelho dos nomes / Marcos Bagno ; ilustração Pepe Casals. – 1.ed. – São Paulo: Ática, 2002.
184p.: il. (Palavra Livre)

Contém suplemento de leitura
ISBN 978-85-08-08214-8

1. Literatura infantojuvenil. I. Casals, Pepe, 1961- . II. Título. III. Série.

09-5617. CDD 028.5
CDU 087.5

ISBN 978 85 08 08214 8 (aluno)
ISBN 978 85 08 08550 7 (professor)

2022
1ª edição
22ª impressão
Impressão e acabamento: Forma Certa

Av. Otaviano Alves de Lima, 4400 – CEP 02909-900 – São Paulo, SP
Atendimento ao cliente: 4003-3061 – atendimento@atica.com.br
www.atica.com.br – www.atica.com.br/educacional

Marcos Bagno

O espelho dos nomes

Ilustrações
Pepe Casals

Este livro só pôde ser escrito e publicado graças à colaboração e às intervenções deliciosas de Júlia Francisca, Miguel Estêvão, Maria Valentina e Xavier P. Moraes.

editora ática

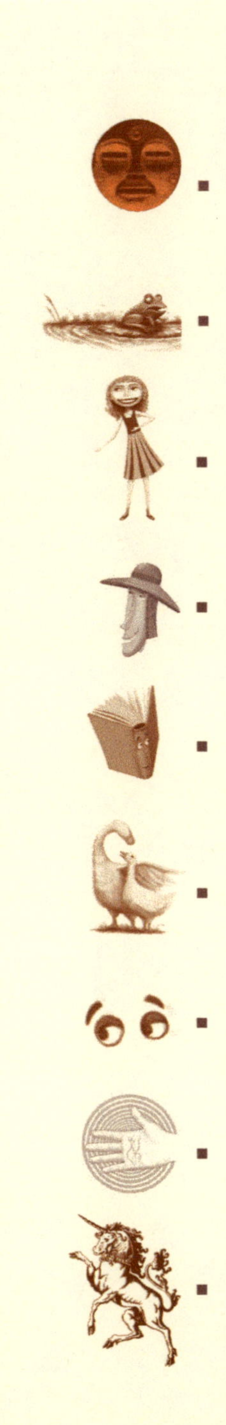

Sumário

A máscara e o poema

(Se você quer mesmo saber como foi, então eu vou te contar.)

Gabriel (*que não gosta de seu nome*) sente a porta bater logo atrás dele, assim que dá o primeiro passo adiante. No primeiro segundo a seguir, um trovão ensurdecedor faz sacudir o lugar todo, e o menino até pode ouvir um remoto som de vidro partindo. Onde é que está chovendo?

E aí o silêncio, duro mais que pedra. E não a ausência de todo som, somente. Também a escuridão — absoluta, resoluta e total, mais opaca e densa que os nossos piores temores.

Gabriel estende os braços, em busca de algum apoio sólido. Tateia o que lhe parece uma parede, e sente ela fria. Tem por ali algum botão ou alavanca, um qualquer interruptor, alguma esperança de luz ou fogo ou brilho ou calor? Dá um passo para trás, se encosta no muro gelado. Longe, mais um trovão explode. Vai passando a mão bem espalmada pela superfície lisa até sentir... não um objeto que interrompe o passeio da mão, um pino ou uma tomada, mas decerto o que menos espera: um vão, um oco, um orifício.

"Que buraco será esse?", pensa.

Usa o dedo para investigar. É um pequeno furo na parede — ele mede — na altura de seu ombro. Para lá dirige um de seus olhos, o direito. Ai, que susto! Dali vem um brilho tão forte e quente que aquele pobre olho pispispisca diversas vezes, se irrita, lacrimeja e até mesmo chora, antes de se acostumar à visão que vê.

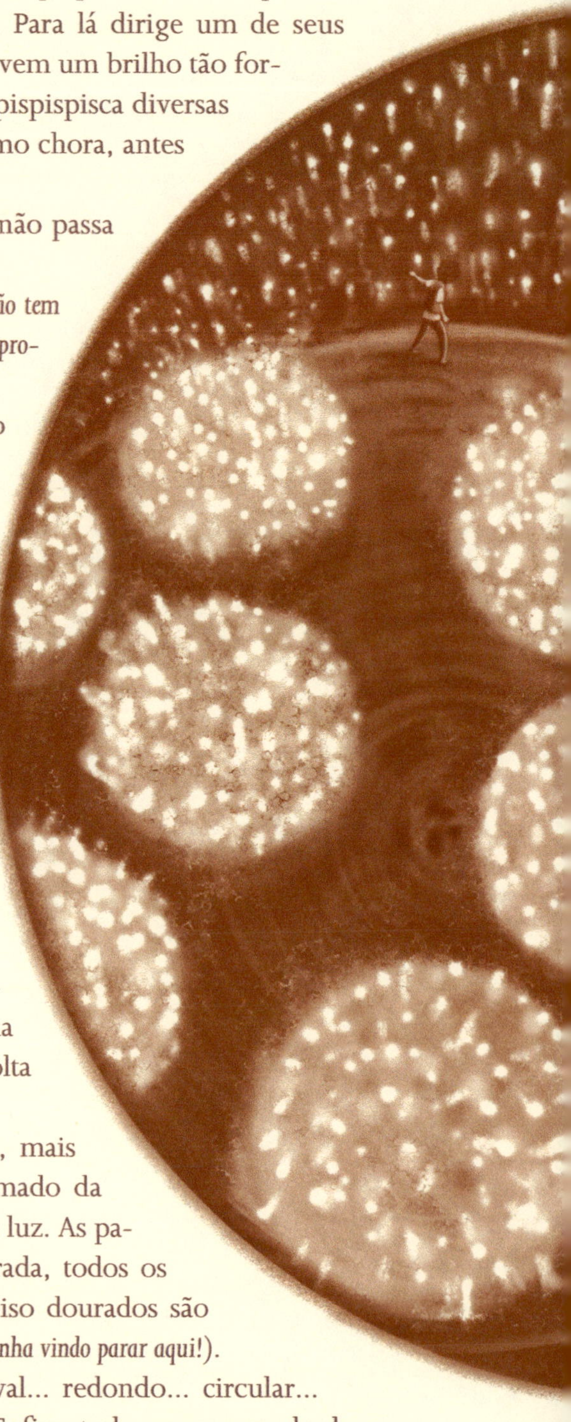

"Como é que essa luz tão forte não passa por esse buraco?"

(Você tem razão de perguntar: por que não tem um raio, uma réstia, um fio luminoso que se projete pelo furo afora?)

(E o que tem do lado de lá?) Um salão enorme, com treze milhões de velas acesas, suspensas no teto em lustres magnânimos (*você acha que é* magníficos? *depois a gente vê...*), arranjadas num descalabro de candelabros e castiçais, esparramados sobre uma quantidade inumerável de mesas, mesas, mesas, mesas, mesas...

(Mas essa parede do furo não é a mesma da porta por onde Gabriel acabou de passar? o salão cheio de velas não fica do outro lado da porta?)

O menino volta sobre seus passos e volta até a porta e dá a volta na maçaneta que abre a porta que se volta para dentro do salão.

O salão que é amplo e vasto e, mais que tudo, iluminado. Brilha, inflamado da luz que as velas chamam, inflado de luz. As paredes são douradas, a porta é dourada, todos os móveis são dourados, o teto e o piso dourados são (*não é possível que todo ouro do mundo não tenha vindo parar aqui!*).

Este salão é... como dizer?... oval... redondo... circular... elíptico... espiralado... helicoidal... Enfim, tudo, menos quadrado ou retangular, nada de cantos, de ângulos, de quinas nem esquinas. A parede (*pois é uma só, contínua*) é tão lisa e gostosa de acariciar que Gabriel sai passando a mão por ela e sai andando... andando e indo... andando e sorrindo... andando e rindo... Até perceber que não é só ele que gira, mas todo o imenso salão.

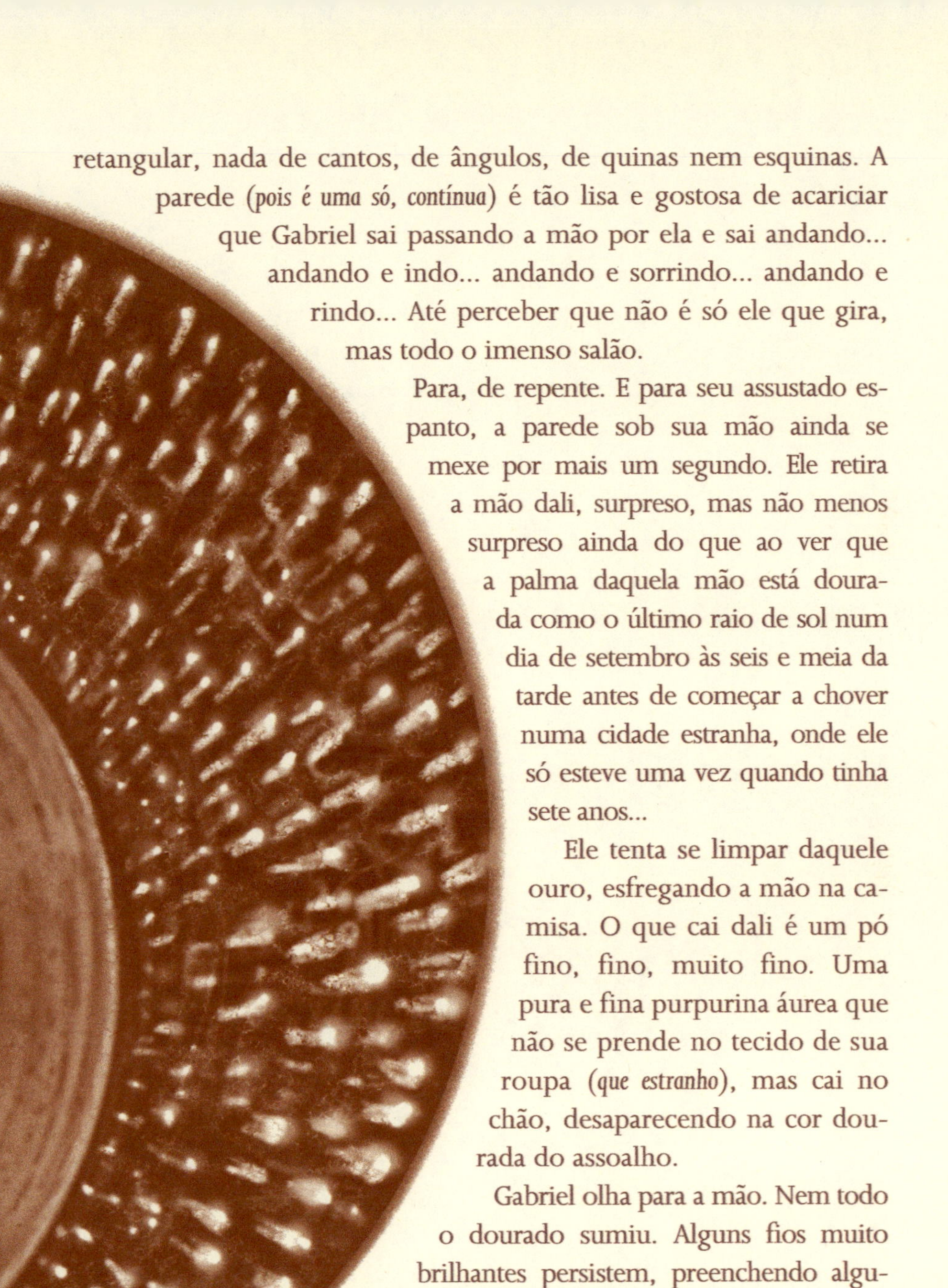

Para, de repente. E para seu assustado espanto, a parede sob sua mão ainda se mexe por mais um segundo. Ele retira a mão dali, surpreso, mas não menos surpreso ainda do que ao ver que a palma daquela mão está dourada como o último raio de sol num dia de setembro às seis e meia da tarde antes de começar a chover numa cidade estranha, onde ele só esteve uma vez quando tinha sete anos...

Ele tenta se limpar daquele ouro, esfregando a mão na camisa. O que cai dali é um pó fino, fino, muito fino. Uma pura e fina purpurina áurea que não se prende no tecido de sua roupa (*que estranho*), mas cai no chão, desaparecendo na cor dourada do assoalho.

Gabriel olha para a mão. Nem todo o dourado sumiu. Alguns fios muito brilhantes persistem, preenchendo algumas das linhas mais fundas que ele tem traçadas na palma da mão.

"Engraçado como parece um mapa!"

Mas agora ele quer olhar para aquelas velas. Se aproxima de uma das muitas mesas. Em cima dela tem um candelabro cheio de braços, cada um de um tamanho, cada um voltado para um lado, uns retos, outros contorcidos, mas em cada um deles uma vela acesa. Um, dois, três... são doze pavios que ardem de luz e calor.

Por puro divertimento, o menino sopra a vela que está mais perto de seus lábios. A chama se apaga. Mas não só ela, a daquela vela. Uma a uma, todas vão se apagando. Uma a uma, cada vez mais depressa... puf... puf... puf... como se milhões de pequenas brisas fraquinhas e invisíveis (*mas quem já viu brisa?*) soprassem... ssss... ssss... ssss... até o grande salão dourado mergulhar na mais sólida escuridão.

"Escuro de novo? Puxa vida!"

Impaciente, Gabriel se lembra, de repente, da caixa de fósforos que tem no bolso da calça. Procura, pega, risca um palito e acende uma vela. Não, desta vez não aconteceu a mesma coisa, só que ao contrário... (*quero dizer, ao contrário do que você esperava, acender uma só vela não fez todas as outras se acenderem também.*)

É por isso que Gabriel acende todas as doze velas daquele candelabro descabelado.

O menino percebe então que ao lado do castiçal, em cima da mesa, está uma estranha máscara de metal (*metal dourado, é claro: se você já sabia, para que tinha de perguntar?*).

Ela é mais ou menos assim:

Gabriel pega aquela placa de ouro, que não é leve. Traz ela para bem perto de seu rosto e vê que as aberturas coincidem exatamente com seus olhos, nariz e boca.

"Que engraçado! Mas quem será que usa essa máscara tão pesada?"

É então que ele percebe alguma coisa no trecho da parede iluminado pela luz das doze chamas. Ora, se não são palavras escritas em tinta preta!

Gabriel pega uma vela do candelabro e se aproxima daquele estranho texto, que ele não tinha percebido antes, nem mesmo quando o salão era um brilho só.

E o que lê, escrito em letras muito negras, que parecem petróleo a refletir a luz da vela, é

EM MEIO À ILUSÃO DE UM MAR VAZIO
UM LIVRO NADA EM VÃO, POIS NÃO EXISTE
ÁGUA SEQUER, NEM AR, NEM ARREPIO,
NEM SOMBRA JÁ, POR TRÁS DO SOM (OUVISTE?)
QUE ECOA OCO E SECO NO CAIS FRIO
DE TODAS AS PALAVRAS, DA MAIS TRISTE

"Que raio de poesia mais esquisita!" (*você tem razão: esquisita, qual é a poesia que não é?*) "Quem já viu livro nadar? E ainda mais nadar em vão?"

Só aí é que ele nota que a parede em volta do estranho poema está escavada, como se alguém tivesse passado um objeto bem pontiagudo por ali, traçando um desenho de forma irregular, à maneira de uma moldura para aqueles versos.

"Será que estou delirando, ou esse desenho da parede é igual ao da máscara?"

E trata logo de comparar as duas coisas. E não é que ele não estava delirando? Os contornos da máscara se ajustam perfeitamente à linha do desenho na parede, como se a própria máscara tivesse sido arrancada dali.

E o menino vê então (*mais uma surpresa!*) que, nos espaços abertos da máscara, onde deveriam estar os olhos, o nariz e a boca, aparecem agora algumas palavras, separadas do resto do poema.

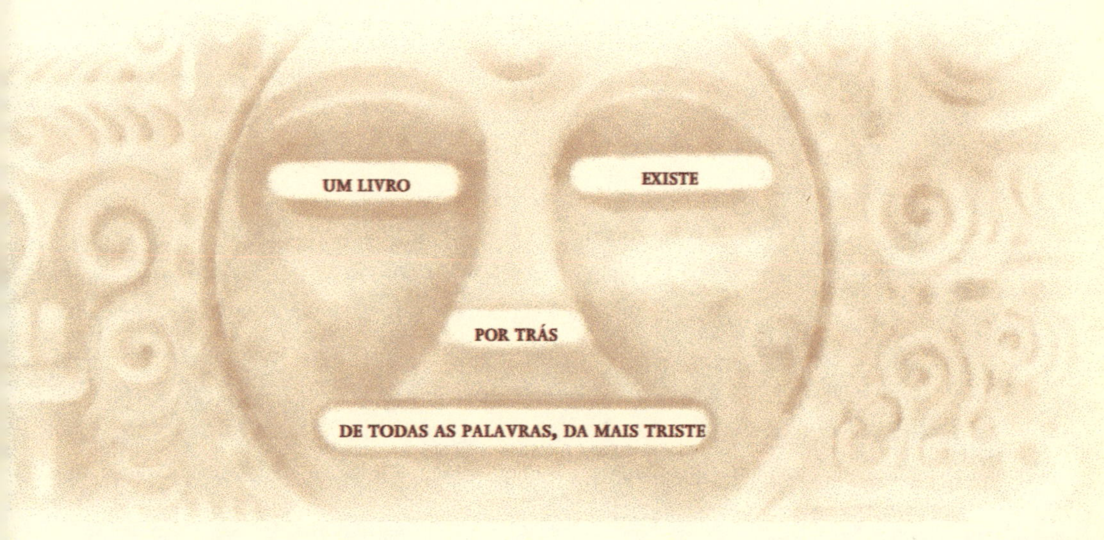

Ele lê aquelas palavras várias vezes: "Um livro existe por trás de todas as palavras, da mais triste". Não é possível que aquilo não seja uma mensagem. E como todas as mensagens enigmáticas, aquela só pode estar cifrada.

"Ora, o primeiro passo para decifrar uma mensagem é estudar a ordem das palavras" (*Gabriel está certo de pensar isso, afinal ele é muito menos bobo do que você... do que você está pensando, quero dizer*).

Lembra que tem um lápis e uma caderneta no bolso da camisa. Então ele tenta, retenta, se senta, setenta... até que, muitos rabiscos depois, se depara com esta frase: "Existe um livro por trás da mais triste de todas as palavras".

(*Será demais eu pedir para você acreditar que Gabriel está pensando que pode ter um livro escondido ali, naquela parede? não? então, combinado: foi isso mesmo o que ele pensou.*)

"Quem sabe essa parede é oca e atrás dela tem alguma coisa?" Mas que coisa, Gabriel? "Só pode ser um livro, está escrito aí, não é?"

Ele, porém, não quer sair escalavrando aquela parede, assim, sem mais sem menos. Afinal, a máscara está sorrindo e dizendo que o livro está "por trás da mais triste de todas as palavras".

"Bom, se o livro está nessa parede, ele deve estar atrás da palavra mais triste... da mais triste palavra... do poema, é claro!"

É claro como mil velas acesas, só pode ser. Ele retira a máscara da parede e começa a reler o poema.

"Puxa vida, palavra triste é o que não falta aqui! *ilusão, arrepio, em vão, sombra, oco, frio...*"

Com a ponta do lápis, ele vai batendo de leve sobre essas palavras, mas sente que nelas a parede é teimosa e maciça — não há de ter livro nenhum guardado ali. O jeito é fazer o teste em todas as palavras. Para sua alegria, o plano funciona, pois logo na segunda linha ele ouve um pequeno eco por trás da palavra *nada*. Imediatamente, Gabriel força a ponta do lápis sobre a pintura, e ela cede com a maior facilidade do mundo, como se nada estivesse recobrindo a parede naquele ponto.

Aberto o pequeno buraco, Gabriel se aproxima dele com a vela na mão, para espiar o que tem lá dentro. E ele vê, por mais que custe a acreditar, um livro do tamanho da unha de seu polegar esquerdo (*que é ligeiramente maior que o direito*). Sim, um livro mínimo, minúsculo, provavelmente (*se é que alguma coisa nesta vida se pode provar*) o menor livro do mundo.

Com muita delicadeza, usando sempre a ponta do lápis, Gabriel consegue tirar o livro do buraco. Acha muita graça naquela ínfima obra impressa, de capa preta, dura, mas sem título nenhum.

"Vamos ver o que tem escrito!"

Abre o livrúsculo com a ponta dos dedos. Mas a primeira página está em branco. Como, aliás, a segunda. Por sinal, a terceira também. Não que na quarta tenha algo escrito, nem muito menos na quinta. A sexta, por sua vez, é de uma brancura exemplar, superada talvez somente pela alvura muito alva da sétima... (*Sim, é isso mesmo que estou tentando te dizer: o livro não tem uma só mancha de tinta!*)

Que decepção para o menino! Depois de máscara e mensagem, descobrir um livro sem nada escrito (*ou* com *nada escrito? eu nunca sei muito bem como ou quando, e até mesmo por quê, usar essas palavrinhas* com *e* sem *junto de* nada*... triste mesmo é quando escuto alguém dizer* mais nada *ou, pior ainda,* nada mais*... você certamente já passou por isso, no supermercado, quando a pessoa do caixa pergunta: "só isso? nada mais?"... eu mesmo não sei se respondo "não" ou "sim", porque, veja bem... o quê? ah, sim, desculpe...*).

Um pouco irritado, Gabriel vai fechar o livro quando escuta uma voz muito fina dizer:

— Espere! Que pressa é essa?

Gabriel tem certeza que a tal da voz veio do livro, mas será possível?

— Você disse alguma coisa? — pergunta ele dirigindo-se ao livrim, sem medo de passar por ridículo, já que está tão só ali quanto aquela árvore solitária num raio de trezentos quilômetros em pleno deserto do Saara, que eu e você vimos uma vez numa fotografia (*era mesmo um baobá? não me lembro muito bem, depois a gente confere*).

— Evidentemente que eu disse alguma coisa! — responde o livro. — Que mal há nisso?

— É que livro normalmente não fala — Gabriel tenta se justificar.

— Nunca ouvi maior estultícia nem nescidade — é a réplica.

— Como assim nessa idade? — Gabriel confuso.

— Idade? Que idade? Idade nenhuma... Mas de que idade você está falando, ó menino?

— Eu não estou falando de idade, você é que começou.

— Eu não disse *nessa idade*, eu disse *nescidade*...

— E essa palavra existe?

— É claro que existe, e mesmo que não existisse antes, passaria a ter existência, uma vez que eu a pronunciei.

— E o que quer dizer, afinal, *nescidade?* — pergunta Gabriel, achando a coisa mais natural deste mundo a gente conversar com um livro.

— Nescidade é estultícia, ou estultice, vale dizer, burrice, isto é, parvoíce, ou seja, estupidez... — responde o livrinhoto, que é mesmo muito descarado e desbocado (*talvez porque não tenha nem cara nem boca*).

— Então eu sou estúpido e burro porque disse que normalmente livro não fala — conclui o menino.

— Precisamente — confirma o livrico. — Você por acaso consegue ler sem ouvir as palavras que está lendo? Consegue, hem, responda, vamos, diga, consegue, hum, hum, hum...?

— Bem... quando eu estou lendo... eu acho que... — Gabriel hesita, mas o livritito não deixa ele pensar em paz:

— Sim, sim, vamos, diga, sim, o que é, quando está lendo, você o quê...?

— Quando eu estou lendo... eu escuto as palavras, sim... mas escuto dentro de mim, na minha cabeça, aqui dentro — e ele toca a cabeça com a ponta do lápis que ainda está segurando entre os dedos.

— Meu filho, pouco me importa, pouquíssimo se me dá, estou ligando a mínima se você escuta dentro ou fora, para cima ou para baixo, na cabeça ou no pé... O importante, responda, o importante, responda com uma só palavra, o importante, diga, por favor, é: você ouve as palavras ou não ouve?

— Ouço...

— Então, meu amigo, se você ouve as palavras que lê num livro *é porque o livro fala*! Não confunda ouvir a voz de alguém com ouvir as palavras que alguém ou alguma coisa está lhe dizendo, ainda que seja por escrito. Tome nota!

— Tomar nota? Tomar nota do quê?

— Disso que acabei de lhe dizer, do que mais? Afinal, se você não começar a tomar nota, não vai sair daqui tão cedo.

— Sair daqui?

— Claro! — retruca o minilivro. — Você mora aqui por acaso?

— Não!

— Pretende, por acaso, passar aqui o resto de sua vida?

— Não, eu...

— Então, para sair daqui, você precisa começar a tomar nota, antes que as velas se apaguem, antes que o tempo se esgote.

— O tempo se esgote para quê?

— Agora não é o momento, tudo a seu tempo. Seis velas já se apagaram. Apenas tome nota: ler é ouvir as palavras, mesmo que estejam impressas num livro, num cartaz ou numa parede. Toda palavra é som. Escrita, falada, pintada, cuspida ou escarrada, esculpida em Carrara... Toda palavra é som. Por isso o livro fala. Tomou nota?

Gabriel pega o lápis e tenta escrever alguma coisa na sua caderneta. Mas o livro não sossega:

— O que é que você pensa que está fazendo?

— Estou tomando nota.

— Mas quem mandou você escrever?

— Você não mandou eu tomar nota?

— Sim, mas desde quando tomar nota é escrever? Como você confunde as coisas, não é? Você sabe latim?

— Latim?

— Sim, latim...

— Latim?

— Isso mesmo, a língua dos cães...

— Latim! — exclama Gabriel.

— Eu disse a língua dos cães, e não a dos papagaios... Por que você fica repetindo "latim, latim, latim"?

— É que eu não sabia que o latim era a língua dos cã...

— Evidentemente não sabia, senão não estaria dizendo que não sabe. Pois fique sabendo que os cães foram os primeiros animais a falar. Depois descobriram que saber falar era uma coisa muito perigosa para a sobrevivência da espécie. Foi assim que, tendo domesticado os seres humanos, ainda na pré-pré da

pré-história, os cães ensinaram as pessoas a falar. Evidentemente, sendo cães, só podiam ensinar uma língua: o latim.

— Puxa vida!

— É em homenagem a esses caninos pioneiros, mestres da humanidade, que até hoje nós nos referimos aos cães como os bichos que sabem *latir*. Veja que os primeiros homens que aprenderam a falar até fizeram aquela estátua famosa de dois meninos mamando nas tetas de uma cadela. Na verdade, eles não estavam tomando leite! Eles estavam aprendendo a latir! Mas como *leite* e *latim* são palavras muito parecidas, os escultores, na hora de fazer a estátua, confundiram *laticínio* com *latim te ensino* e saiu o que saiu...

— Não consigo acreditar...

— Ah, não, João Sabichão? Então me responda, qual é o parentesco entre a palavra *cão* e a palavra *latir*? Elas se parecem de algum modo? Você consegue ver alguma semelhança entre elas?

— Não.

— Isso mesmo! Qual é o parentesco então? Nenhum, nenhum, nenhum. Sendo *cães* eles deveriam *cantar*, não é mesmo? Assim como dizemos que os *livros livram*, que os *ímãs imitam*, que o *chá chateia*, que o *dedal deduz*, que o *ar arde*, que o *amor amortece*, que a *viga vigora*, que o *queixo se queixa*, que a *cola colabora*, que o *destro destrói*, que a *alma almeja*, que a *bruxa bruxuleia*, que o *rei reivindica*, que o *tempo tempera*, que o *estar estarrece* e o *ser serpenteia*, assim também deveríamos dizer que os *cães cantam*. Mas não! Nós dizemos o quê? Dizemos que os *cães latem*. E justamente porque foram eles, está ouvindo bem, foram eles, e ninguém mais neste mundo, foram exatamente eles que ensinaram o *latim* aos homens.

— Então por que é que o gato mia, o leão ruge, o burro zurra, o cavalo relincha, o sapo coaxa, a vaca muge, a pomba arrulha e o lobo uiva? — pergunta Gabriel (*que, como eu já disse, de bobo não tem nada*).

O livrisco não se dá por achado:

— Justamente porque vocês, seres humanos, são uns descabelados! Só porque, milhões de milênios atrás, seus antepassados homenagearam os cães dizendo que eles *latiam*, em vez de seguir a lógica e dizer que eles *cantavam*, homenagem que devia ser única, peremptória e sempiterna, os bobos que vieram depois saíram inventando os nomes mais estapafúrdios para as vozes dos outros animais!

Mas Gabriel ainda não se dá por vencido:

— Se é assim, por que as pessoas falam tantas línguas diferentes? Não deviam todas falar só o latim que elas aprenderam dos cães?

O livrítico tem resposta para tudo:

— É que logo depois aconteceu aquela famosa história da Torre...

— Ah, essa eu conheço! — se adianta Gabriel. — A história daquela torre alta, alta, muito alta, que as pessoas construíram para tentar chegar até o céu, mas aí Deus ficou zangado e só de castigo fez cada pessoa falar uma língua diferente...

— Só que, antes de começar a falar em línguas diferentes, aqueles homens lá ficaram babando, babando, babando feito uns cachorros bobos por quarenta dias e quarenta noites... — retoma o livro. — E é por isso que a torre se chama Torre de Babel...

— Ora essa... — comenta Gabriel.

— E foi assim que os homens, que antes só falavam latim, se espalharam pelo mundo afora e pela terra adentro — prossegue o livrotico —, falando um milhão de outras línguas mais: algazarra, algaravia, balbúrdia, ingresia, persiana, veneziana, barbarismo, gringo, barbitúrico, espanéfico, franciscano, além-mar, portuário, inglório, falanstério, boataria, zíngaro, freguês, manganês, montanhês, pequinês, torquês, tartamudez, desfaçatez, insensatez, xerez, jaez, soez, diga-outra-vez, solilóquio e, evidentemente, babilônio...

— E por que afinal você me perguntou se eu sabia latim? — pergunta Gabriel, já tonto com essas explicações intermináveis.

— Porque eu mandei você tomar nota, e se você soubesse latim, saberia que *nota* não tem nada a ver com escrever.

— Ah, não?

— Não! — grita o livrinheco tão alto que até treme nas mãos de Gabriel. — *Nota* é o plurivérbio participial mais-que-suspeito do diminutivo esconjurado do passado desfeito da pressuposição *notícia*, que em latim significava "conhecer". Repare que nesse significado não se faz a mais remota referência ao ato de *escrever*.

— Então "tomar nota" quer dizer apenas "prestar atenção", "tomar conhecimento" — sugere Gabriel.

— Muito bem! Isso mesmo... — comemora o livrinhítico.

— Então eu não preciso escrever o que você me disse?

— E o que foi mesmo que eu lhe disse?

— Ah... eh... bom... esqueci. Afinal, eu não tomei nota, quer dizer, eu não escrevi...

O microlivro deixa escapar um suspiro de desânimo. Fica mudo por alguns instantes.

— Vamos deixar tudo isso de lado e cuidar do que interessa — é o que diz quando finalmente volta a falar. — E o que interessa é você sair daqui me levando junto. Só resta agora uma vela acesa. E quando ela se apagar, e salão vai desaparecer, e nós com ele!

— E como é que se sai daqui? — pergunta Gabriel.

— Evidentemente, pulando a janela.

— Mas que janela? Eu andei por essa sala toda quando as velas estavam acesas e não vi janela nenhuma.

— Ah, não? E por onde foi que você entrou?

— Pela porta.

— Que porta?

— Aquela ali... — e Gabriel aponta na direção da porta.

— Vamos até lá, sim? — pede o livreto.

Gabriel se levanta, com o livro na palma de uma das mãos. Com a outra segura a vela. Caminha um pouco até onde acha que vai encontrar a porta. Fica surpreso com o que vê.

— Se você chama isso de porta — diz o ínfimo livro —, a gente vai ter muita dificuldade de se entender.

Afinal, é mesmo uma janela que está ali. Uma janela alta, envidraçada, que deixa ver, do outro lado, um longo corredor mal iluminado.

— Como você chama isso, Gabriel?

O menino se espanta quando ouve ser chamado por aquele nome. Mas trata logo de responder:

— Isso eu chamo janela.

— Ah, que bom! Então vamos pular já nela!

Por alguma razão, porém, antes de obedecer, o menino pergunta:

— E você, como se chama?

— Eu me chamo Tomenota — responde o livrititico.

— Então por que não tem nada escrito na sua capa?

— E quem disse que não tem?

Gabriel fecha levemente o belisco de livro e vê, gravado em letras douradas na capa preta, TOMENOTA.

Quando volta a abrir o livro, vê que agora, na primeira página, tem alguma coisa escrita. Traz a palma da mão para bem perto dos olhos, mas as letras são tão mínimas que não consegue decifrar nada. Lembra de pegar a lupa que traz no bolso menor do colete. É com ela que pode ler então:

Escrever é outro modo de falar.
Ler é outro modo de ouvir.
Assim, as mãos falam.
Assim, as bocas escrevem.
Dizer é ser. Escrever é ver. Ver é viver.
Fazer = falar + dizer

— Quem foi que escreveu isso aí? — pergunta ele.

— Ninguém escreveu. *Você* é que tomou nota — responde o lilivrinho. — Será que agora, finalmente, podemos pular, antes que o tempo se esgote?

Só então Gabriel sente que a vela em sua mão já é um toco que ele mal consegue segurar. Sem perder mais tempo, ele guarda o livrinho no bolso da calça, gira o trinco da janela, empurra as vidraças para trás, deixa a vela cair no chão e passa as duas pernas para o lado de lá.

A briga no brejo

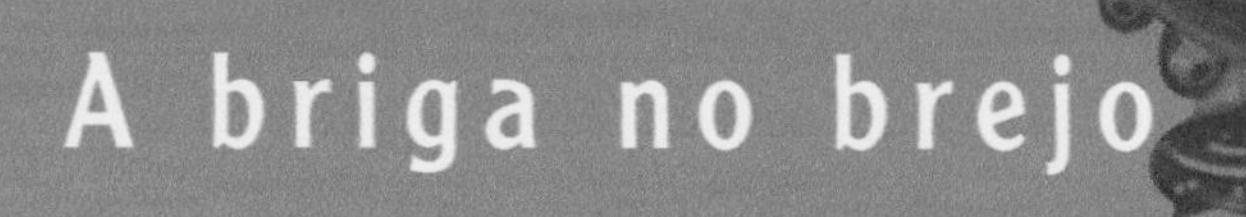

Assim que põe os pés no chão do outro lado, Rafael (*que não gosta de seu nome*) tira Tomenota do bolso e pergunta:

— A saída é por aqui?

— Digamos que este é um caminho que leva ao início do começo da possibilidade de saída daqui — responde o livro.

O menino percebe então que o livro não está mais tão pequenino, do tamanho da unha de seu polegar direito (*era esquerdo? ah, desculpe*). Ele agora cabe na palma de sua mão.

— Como é que você fez para crescer?

— Eu não fiz nada — responde o livro. — Você é que fez.

— Fiz o quê? — pergunta Rafael, surpreso.

— Você tomou nota, lembra?

— Ah, então é assim? Eu vou tomando nota e você vai aumentando?

— Evidentemente, meu caro Rafael — responde o livro. — Senão, como vão caber em mim as notas todas que você tomar?

— Parece um bom motivo... — comenta o menino, já mais preocupado agora em saber que lugar é aquele.

Vai caminhando pelo corredor, que é largo e mal iluminado.

— Aonde é que isso vai dar? — pergunta ele ao livro.

— No brejo, evidentemente.

E assim que o livro dá essa resposta, começa a chegar até ali o cochicho distante de uma cachoeira, o mexerico de água a chocalhar.

— Um brejo? — ele pede confirmação.

— Isso mesmo — responde Tomenota. — Mas tem quem goste mais de dizer *charco* ou *banhado*, *pântano*, *atoleiro*, *lamaçal*...

— E o que é que tem nesse brejo? — pergunta o menino, sem interromper a caminhada.

— Água, evidentemente.

— Sim, já posso escutar daqui... parece uma cachoeira...

— Ou *cascata*, *queda-d'água*, *catarata*, *roncador*...

— E que mais, além de água? — pergunta Rafael, já impaciente.

— Sapos, rãs, pererecas e outros nudipilíferos... — responde o livro.

— Nu de quê?

— *Nudipilíferos* — repete o livro —, mas também se pode dizer *anfíbios*, ou *batráquios* ou *batrácios*, ou *anuros*, ou ainda *saliêncios*...

— Espero que você não queira que eu tome nota disso tudo... — comenta Rafael —, se é que você não está inventando essas palavras todas...

— Inventando? — exclama o livro, num tom furioso. — INVENTANDO???

E ele pula da mão do menino, cai de pé no chão e começa a crescer, a crescer, a crescer até obstruir totalmente a passagem. Na capa, que agora está vermelha como sangue (*de raiva, eu acho*), aparecem dois olhos muito grandes e uma boca mais muitogrande ainda! (*Você tem razão: não podemos mais dizer agora que é um livro desbocado e descarado!*)

Rafael dá dois passos para trás, assustado.

— Como você ousa... como você se atreve... como você tem a petulância, o topete, a desfaçatez de dizer que estou inventando? Eu não invento nada, está ouvindo? Não invento, nem inchuva, nem intempestade! Peça dez culpas!

— Des... culpe... — gagueja Rafael.

— O que é que você pensa que está fazendo?!! — urra o livro.

— Pedindo desculpas...

— Então peça!!! — grita Tomenota.

— Desculpe...

— Mas não foi isso que eu te disse para pedir!!! — troveja o livro, tremendo de alto a baixo, com olhos arregalados e vibrantes como dois ventiladores de teto ligados na máxima velocidade, zunindo como aviões de guerra, prontos para levar o teto e a casa juntos numa viagem pelos céus afora em busca dos maiores inimigos da raça humana, aqueles venusianos irritantes que pousaram na Patagônia no mês passado dizendo que iam roubar todas as agulhas de tricô da Terra para levar até seu planeta... (*ai, esse beliscão doeu!*)

— O que é que você quer afinal que eu diga? — pergunta Rafael, numa mistura de medo e desafio.

— Diga: "Peço dez culpas"... — ensina Tomenota.

— Peço dez culpas — repete Rafael, sem entender.

— Agora sim — diz o livro. E a capa se move, deixando ver as páginas, que começam a passar, a passar, a passar até que, numa delas, o menino pode ler uma lista de frases, numeradas de um a dez.

— O que é tudo isso? — pergunta Rafael, intrigado.

— São as dez culpas que me pediu — responde Tomenota, um pouco mais tranquilo. — São dez motivos para você se sentir culpado.

(*E aqui estão as dez culpas:*)

1 *chamar de bem-te-vi todo pássaro que pia*
2 *pisar na própria sombra sem perder por isso o sono*
3 *tomar um copo d'água como quem diz um segredo*
4 *sonhar frequentemente com relógios sem ponteiros*
5 *ter plena consciência do sabor das beterrabas*
6 *cantar em harmonia com a linha do horizonte*
7 *falar ao telefone sem pedir licença aos gatos*
8 *sentir um calafrio quando vê um trem de ferro*
9 *achar que é natural existirem bananeiras*
10 *abrir toda janela sem pensar que horas são*

— Mas por que eu me sentiria culpado? Eu nunca fiz nenhuma dessas bobagens... — diz o menino.

— Se ainda não fez, um dia fará ou vai fazer ou fazerá. Por isso, tome nota — ordena o livro. — E agora, vamos ao que interessa, antes que o tempo se esgote...

E dizendo isso, o livro começa a encolher... Enquanto vai diminuindo, diminuindo, diminuindo, Rafael vê que por trás do livro começa a aparecer uma paisagem. Quando Tomenota volta a ficar do tamanho da palma da sua mão, ele vê que não está mais em corredor nenhum, mas sim num lugar cheio de árvo-

res, com um laguinho no meio, formado pela queda de uma cachoeira (*ou cascata, ou catarata, ou roncador... ai, não belisca*).

As árvores são tão altas que não dá para ver o céu. Por isso, Rafael não sabe se essa luz leitosa que ilumina tudo vem do sol ou vem da lua. De repente, de todos os lados, começam a aparecer sapos, sapos e mais sapos.

Rafael recolhe o livro do chão e guarda ele no bolso da camisa.

— É aqui então o brejo?

Mas Tomenota não diz nada.

Rafael repete a pergunta. Mas o livro está mudo como aquele sabiá empalhado que o menino viu uma vez num museu e achou a coisa mais triste deste mundo.

— Se não quer falar, tanto melhor — diz ele. — Eu já estava mesmo cansado da sua tagarelice.

Os sapos se reúnem na orla do brejo, todos muito bem-arrumadinhos, um ao lado do outro, até não sobrar um só espaço livre à beira d'água. Formam uma grande roda.

"Será que vão fazer alguma coisa?"

Rafael se aproxima lentamente. Chega perto da saparia, mas nenhum dos bichos parece se importar com ele ali.

"Vou me sentar nesse tronco de árvore caído para ver o que vai acontecer."

Mas assim que ele se acomoda, uma minúscula perereca amarela salta não sei de onde e vem cair exatamente no seu ombro direito. Antes que Rafael tenha qualquer reação, o bichinho abre a boca e diz, rapidamente:

— Esperereco que você não se impororote...

"O que foi que essa rãzinha disse?"

Ela parece entender a confusão dele. Por isso, repete, um pouco mais devagar:

— Esperereco que você não se impororote...

"Ah! Sim..."

— Não — diz Rafael. — Não me importo...

— É mais pararático, parara mim, aperereciar o espereretáculo de cima do seu ômbororo... — comenta o delicado anfíbio.

Rafael se intereressa:

— Espetáculo? Que espetáculo?

— A apereresentação dos piriríncipes — explica o anuro (*gostou? viu como eu tomo nota?*).

— Que príncipes? — pergunta Rafael, olhando para os lados sem ver nenhum.

— Núncara ouviu o pororovérbio que diz: "Onde tem sápororo tem piriríncipe"?

— "Onde tem sapo tem príncipe" — repete o menino. — Conheço esse provérbio, sim... quer dizer... já ouvi alguma coisa parecida antes.

A perereca está atenta, olhando para o bererejo.

— Você é uma rã, não é? — pergunta o menino.

— Perereca.

— Não é a mesma coisa?

— Expererimente perereguntar isso a uma rã...

— E onde eu encontro uma rã para perguntar?

— Esperereque um pororouco que logo apararece uma... — e dizendo isso, a perereca dá um salto e cai na perna de Rafael: — Foi um pararazer pororosear com você...

— Para onde você vai?

— Pororocurar um lugar mais pororóximo para assistir mais de perererto...

E ela dá um salto, sumindo no ar.

Mas o menino não fica muito tempo só. Logo um outro batráquio, desta vez cor-de-areia-de-praia-molhada-pela-última-onda, pula não vi de onde e cai no tronco, ao lado dele.

— Você deve ser uma rã — comenta ele.

— Rãrrã — responde ela. — E você é o Rãfael?

— Sou — e ele nem quer saber como ela sabe.

— Como rãi? — pergunta o bicho.

— Tudo bem — responde o menino. — E você?

— Marrãvilha...

— Também veio para o espetáculo?

— Rãrrã...

— É interessante?

— Garranto que não rãi se rãepender — responde a rã.

Ele então se lembra de perguntar:

— Perereca e rã são muito diferentes?

— Rãrrã...

— Por quê?

— Rã não guarda rancor, não arranja carranca, nem range quando o rango é rançoso...

E ela também se arranca, esparrama-se em saltos, agarrando-se nos ramos, não errando uma só vez.

Neste momento, Rafael percebe que os sapos, até agora imóveis, começam a tremer e a murmurar. De repente, um deles salta para uma grande pedra achatada bem no meio do lago e grita:

— Saliêncio! Saliêncio! Saliêncio!

(*Não é* silêncio, *não... é* saliêncio *mesmo... você se esqueceu de tomar nota: saliêncio, anfíbio, anuro, batráquio...*)

Os sapos se agitam ainda mais. E, então, um deles começa a cantar:

— Sapoti! Sapopema! Sapucaia! Sapurá!

E logo outro:

— Sapiranga! Saporé! Sapupira! Saputá!

E mais outro:

— Sapuruna! Sapurana! Saporema! Sapuá!

Até que todos gritam:

— Sapituca! Sapipoca! Saperê! Sapicuá!

Rafael acha divertido aquele coro e resolve participar:

— Sapecamos! Sapecado! Sapequei! Sapecará!

Todos os sapos se viram para o lado de onde vem aquela voz que eles não conhecem.

— Quero ver agora você se safar dessa! — comenta, dentro do bolso, o livro Tomenota, que resolveu voltar a falar.

— Será que eu disse alguma bobagem? — pergunta Rafael.

— Quando é que você não diz bobagem? — devolve Tomenota.

O menino repara que alguns sapos se saporaram, digo, se separaram da roda e vêm sapulando na direção dele.

— E agora? O que eles vão fazer comigo? — Rafael está com medo.

— Nada de mais — responde o livro. — Vão apenas levar você para participar da festa. Acham que você é um príncipe, candidato a virar batráquio.

Os sapos chegam perto de Rafael. São sete sapos, todos verdes. Um deles se adianta e pergunta:

— Sapecará?

Rafael, sem saber o que responder, diz:

— Sapossível.

E o bicho:

— Sapulaste?

E o menino:

— Sapouquinho.

E o anfíbio:

— Saperalta?

E Rafael:

— Sapodescrer.

Os sete sapos arregalam os sapolhos e sorriem, muito sapotisfeitos. O saporta-voz do grupo diz então:

— Saporfavor.

E os sete se viram para o lado do lago e dão alguns saltos na direção do resto da saparia reunida. Voltam-se para trás e olham para Rafael.

— E agora? O que será que eles querem?

— Até parece que você não entende saponês, depois desse diálogo saporoso que teve com os bichos — responde Tomenota. — Evidentemente, eles querem que você se junte ao grupo...

Rafael hesita um pouco. Mas acaba aceitando o convite e chega perto da beira do brejo.

O sapo que está no meio do lago desocupa a grande pedra chata e, num grande salto, vem cair aos pés do menino.

— Sapiência! — exclama ele.

— Sapiência! — repetem os sete sapos mensageiros.

— Sapiência! Sapiência! Sapiência! — começa a coaxar a confraria em coro.

— E agora? — pergunta Rafael olhando para dentro do bolso, onde está o livro.

— *Sapiência* quer dizer "a ciência do sapo" — explica Tomenota. — Eles querem que você ocupe a grande pedra e transmita algum grande e sapoderoso conhecimento para eles.

— Eu? — pergunta Rafael. — Mas o que eu posso dizer para eles?

— Não se preocupe — responde Tomenota. — Embora você não mereça, eu vou te ajudar. Fique tranquilo. Tudo vai dar certo, antes que o tempo se esgote.

Confiando, mas nem tanto, no que o livro disse, Rafael, com uma só pernada (*afinal, ele é bem maior do que um sapo*), alcança a grande pedra no meio do lago. Senta-se na saposição mais confortável que a saporfície lisa e úmida lhe permite.

— E agora? O que é que eu faço?

— Simples, meu caro: abra o livro.

— Que livro?

— Eu, ora, que outro livro você está vendo por aqui?

Rafael apanha Tomenota do bolso. O livro se estica um pouco para cada lado até ficar do tamanho daquele álbum que o menino ganhou de seu padrinho quando tinha nove anos para guardar sua coleção de cartões-postais que já estava ficando grande demais e não cabia na caixa onde vieram os sapatos pretos de salto alto e bico fino que sua mãe usou para ir no casamento da filha da secretária do irmão do médico que operou Rafael das amígdalas.

— Obrigado, Tomenota — agradece o menino. — Assim fica bem mais fácil de ler.

O livro fica muito comovido com aquele "obrigado" que não estava esperando. Mas não deixa o menino perceber. Com voz autoritária, ordena:

— Leia.

Rafael abre o livro. E começa a ler o que está escrito:

— "A Briga no Brejo"... Eram seis horas da tarde...

Mas um sapo logo exclama:

— Saporém!

E outro:

— Saportanto!

E mais um:

— Saporquê! Saporenquanto!

— O que foi agora? — pergunta o menino.

— Eles querem que você leia mais alto — explica o livro.

Rafael limpa a garganta e recomeça:

A BRIGA NO BREJO

Eram seis horas da tarde
no Brejo da Vaca Fria.
Dormiam as pererecas,
os sapos, as rãs, as jias:
descansavam pra, de noite,
retomar a cantoria.

Por trás de um botão de lírio
um vaga-lume sonhava
que tinha virado estrela,
que a noite inteira brilhava:
mais claro que as Três Marias,
o céu todo iluminava...

De repente, houve um barulho:
acordou todo assustado!
Uma rápida libélula
por ali tinha passado,
fazendo tremer o lírio
com seu voo descuidado.

O vaga-lume, com raiva,
ficou de pé sobre a flor.
"Venha cá, ó lavadeira"
— gritou, já de mau humor.
E a libélula, sorrindo:
"Se me pedir por favor...".

"Era só o que faltava"
— o vaga-lume que disse —,
"favor eu só lhe pedia
se a senhora me pedisse
desculpas pelo que fez:
não deixou que eu mais dormisse!"

"Desculpas é que não peço"
— a lavadeira responde —
"a um bicho que é tão feio
que o dia inteiro se esconde,
mas que se acha, mesmo assim,
mais importante que um conde!"

"Vejam só quem quer falar
de beleza e de feiura"
— foi a vez do vaga-lume
com a voz a toda altura —
"a senhora bem me inveja
porque tem triste figura:

mais feia que a muriçoca
ou qualquer outro mosquito:
até parece um bambu,
magra assim feito um palito;
será por isso que a chamam
muitas vezes de cambito!"

"O senhor pensa que é nobre"
— disse ela num estouro —,
"mas não é tigre nem águia,
nem pavão, leão, nem touro:
o senhor pra mim não passa
de um ridículo besouro!

E pra terminar com isso,
vai aqui meu desafogo:
se o senhor quer me ofender,
vou entrar nesse seu jogo:
diga lá por que lhe chamam
caga-lume ou caga-fogo!"

"É mentira da senhora!"
— grita o vaga-lume, irado —

"o meu nome é pirilampo,
sou lampíride *chamado*,
lumeeira, noctiluz,
por poetas sou cantado!

O que sei é que a senhora
co'esse seu comprido rabo,
co'essa cara tão medonha
e a cabeça feito um nabo,
tem o nome que merece:
cavalinho-do-diabo!"

"Que horror! Como se atreve
a dizer isso de mim?
O meu nome é lavadeira,
ou libélula, *pois sim!*
Da família de Odonata
que não tem bicho ruim!

A verdade é que o senhor
não se aguenta de ciúme
pois que tenho lindos nomes"
— disse ela co' azedume —
"mas nenhum é luzecu,
muito menos cudelume!"

"A senhora me respeite!
Exijo: não me confunda
com os seus irmãos e primos,
gente suja, gente imunda,
que acabou ganhando o nome
vergonhoso: lava-bunda!"

O bate-boca tão feio
toda a noite duraria
se uma rã não despertasse
com a doida gritaria

e sentisse tanta fome
que a barriga lhe doía.

Eram seis horas da tarde
no Brejo da Vaca Fria.
Não se via o vaga-lume,
nem libélula se ouvia
porque a rã num pulo só
encheu a pança vazia!

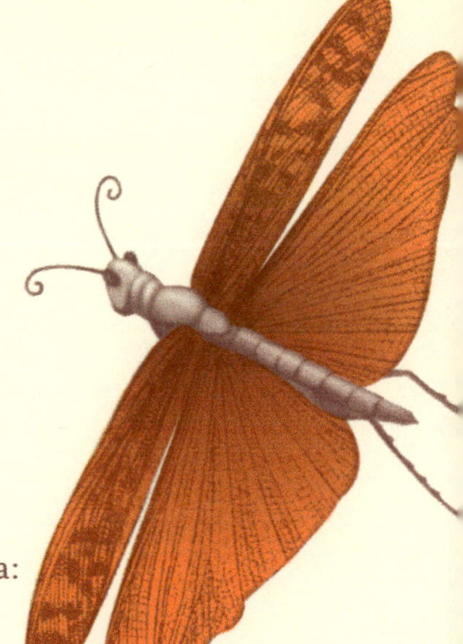

Assim que Rafael termina de ler, um sapo grita:

— Coaxial! Coaxial! Coaxial!

E logo todos repetem:

— Coaxial! Coaxial! Coaxial!

O menino fica muito contente:

— Parece que gostaram da história!

— Sapo gosta de qualquer coisa — desdenha Tomenota. — O importante agora é a gente sair desse brejo, antes que o tempo se esgote.

— Então vou perguntar aonde fica a saída — propõe o menino, muito animado com tudo aquilo.

Rafael levanta o braço, os sapos todos se aquietam. Ele então pergunta:

— Saporonde?

Os sapos, então, como se tivessem sido atingidos por um raio, começam a coaxar, todos ao mesmo tempo, cada um dizendo uma coisa:

— Saporlá!

— Saporali!

— Saporcima!

— Saporbaixo!

E os bichos começam a discutir, num bate-boca insaportável.

— Essa, sim, é a verdadeira briga no brejo — comenta Tomenota, que parece se divertir com a gritaria.

— Saponte!

— Saporta!

— Saporondeveio!

— Saporondevai!

Neste instante, Rafael sente uma coisa fria e molhada cair em sua perna. Quando olha, vê de novo a perereca amarela:

— Você sabe como eu posso sair do brejo? — ele pergunta, já zonzo com a barulheira dos sapos.

— Expererimente atararás da catarata... — responde a miniatura de rã, que de novo some num salto esperto.

Rafael se levanta da pedra, pisa de volta na margem do brejo, tomando muito cuidado para não esmagar nenhum sapo.

— Saporbem!

— Sapormal!

— Saportrás!

— Sapordefronte!

A discussão parece muito longe de terminar.

— Sapostoquessim!

— Sapostoquenão!

O menino caminha na direção da queda-d'água.

— Cuidado para não me molhar! — exclama Tomenota, dentro do bolso.

À medida que se aproxima da cachoeira, Rafael vai notando que por trás da cortina formada pela água que cai existe um oco, uma gruta, uma grota, um antro, uma caverna *(por que você está dizendo que eu peguei a doença do Tomenota?)*.

— Aonde será que leva essa gruta? — pergunta ele em voz alta.

— Seja aonde for, é por aqui que a gente vai, evidentemente — responde o livro. — Antes que o tempo se esgote.

Passar por trás da cachoeira não é nada difícil. Existe um espaço bastante largo entre a água que cai e a entrada da gruta.

— Está tão escuro aí dentro... — comenta o menino, parado, sem muita vontade de dar o primeiro passo.

— É claro que está escuro — diz o livro, impaciente. — Tome nota: toda entrada é uma saída, toda saída é escura, quem não entra não se acha na saída que procura...

Rafael arrisca levar um pé para a frente. Bate com o pé de leve no chão da caverna, para ter certeza de que pisa em solo firme. Dá o primeiro passo. Dá o segundo. Mas quando dá o terceiro... adeus, chão, adeus, caverna... O pé do menino desliza, pisa em falso, pisa em nada. Ele cai sentado e começa a escorregar, a escorregar, a escorregar, como se estivesse numa rampa, num tobogã interminável que se lança para baixo no meio da escuridão de uma caverna sem fundo.

— Uaaaaaaaaaaaaaaaaaaaaaaaaaaaaaaauuuuu...

A esperança espera

De repente, a longa rampa termina e Daniel (*que não gosta de seu nome*) cai sentado no chão de uma sala que tem o piso todo coberto por quadrados pretos e brancos, que se alternam como num tabuleiro de xadrez.

Ele se levanta, achando estranho não sentir nenhuma dor apesar da queda rápida e violenta. Olha ao seu redor e vê que aquele lugar não tem paredes: para todos os lados, o que existe são espelhos e mais espelhos. Também o teto é um grande espelho, onde ele pode se ver de cabeça para baixo, de pé no chão quadriculado. É aí que ele percebe que o piso e o teto têm a mesma forma, que é esta:

— Que coisa mais engraçada! — comenta Daniel em voz alta. — Parece que estou preso dentro de uma espécie de caixa...

(É claro que o buraco por onde ele caiu também desapareceu: você já não sabe que comigo é sempre assim que as coisas são?)

Ele conta os espelhos: são oito.

De pé no centro da sala *(ou caixa, sei lá)*, Daniel vê que os espelhos, por estarem dispostos como estão, refletem as imagens um do outro, numa sucessão infinita.

— Nunca me vi assim, repetido tantas vezes... — diz o menino, surpreso com aquela mágica. — Estou me sentido dentro de um calidoscópio! *(Se você não sabe o que é, mais tarde eu explico, ou melhor, eu te mostro um que ganhei quando tinha oito anos e guardo até hoje...)*

— Mas é bom achar um jeito de sair daqui, antes que o tempo se esgote! — avisa o livro em seu bolso.

— Não sei como... — diz o menino, olhando para todos os lados, para cima e para baixo. — Isso aqui parece uma caixa bem fechada... Não vejo porta, nem maçaneta, nem chave, nem nada parecido...

— Nem tudo o que não parece deixa de ser o que não é... — diz Tomenota.

— Que foi que você disse? — pergunta Daniel, confuso.

— Não há nada que, mesmo não parecendo, seja sempre o que não se vê... — explica o livro.

— Entendi menos ainda — confessa o menino, tirando Tomenota do bolso e olhando para ele, que agora está um pouco maior que a palma de sua mão.

— Entre o *para-ser* e o *parecer*, é pouca coisa que muda, e entre o *parecer* e o *aparecer* a diferença é menor ainda... Tome nota!

— Essa não me parece a melhor hora para charadas — comenta Daniel, impaciente.

— Justamente o que estou dizendo — retoma o livro. — Qual a diferença entre *parecer* e *aparecer*?

Daniel pensa um segundo.

— Um simples *a* — responde então.

— Muito bem, até que enfim! — comemora o livro, passando as páginas bem depressa, em sinal de alegria. — Se você quer que alguma coisa *apareça*, diga simplesmente *a*.

Daniel aceita a proposta. Abre a boca e diz bem alto:

— A! A! A! A! A! A! A! A!

O som ecoa dentro da caixa e faz vibrar os oito espelhos.

De repente, se ouve um ruído de vidro trincado, um grito de cristal que se tritura, um barulho grave de trovão irado, e na frente de cada espelho aparece... uma menina! (*É claro que são oito meninas, afinal são oito espelhos: se você já sabia, por que tinha de perguntar?*)

Daniel se vê, assim, rodeado por oito meninas absolutamente iguais. Todas usam um vestido azul-celeste, meias brancas e sapatos pretos. Todas têm cabelos longos cacheados e muito louros, dourados como o pó dourado que caiu da parede da sala do primeiro capítulo.

— Olá! — dizem as oito, em coro.

— Olá — repete Daniel.

— Quer brincar com a gente? — oito perguntas em eco.

— Brincar com vocês?

— Isso mesmo! — confirmam todas. — Quer brincar com a gente?

— Quero! — responde o menino.

Uma delas dá um passo à frente e diz:

— Eu me chamo Célia.

A que está ao lado esquerdo dessa também se adianta e diz:

— Eu me chamo Laíce.

E assim, todas se apresentam, uma a uma:

— Eu me chamo Ciela.

— Eu me chamo Licéa.

— Eu me chamo Cleia.

— Eu me chamo Lécia.

— Eu me chamo Ciléa.

— Eu me chamo Laeci.

Daniel acha divertido aquele modo de fazer tudo igualzinho.

— E você, como se chama? — perguntam todas.

— O meu nome é Daniel — responde ele.

As oito se entreolham, espantadas, e logo começam a rir:

— Daniel! — repetem elas, e voltam a gargalhar.

Ele não entende. Por isso, pergunta:

— O que tem de tão engraçado no meu nome?

Célia, Ciléa, Ciela, Cleia, Laeci, Licéa, Laíce e Lécia respondem, juntas:

— Daniel é nome de menino!

— Mas eu sou um menino! — exclama Daniel, atarantado.

As oito começam a rir de novo, achando tanta graça naquilo que até caem sentadas no chão de xadrez, sem parar de gargalhar.

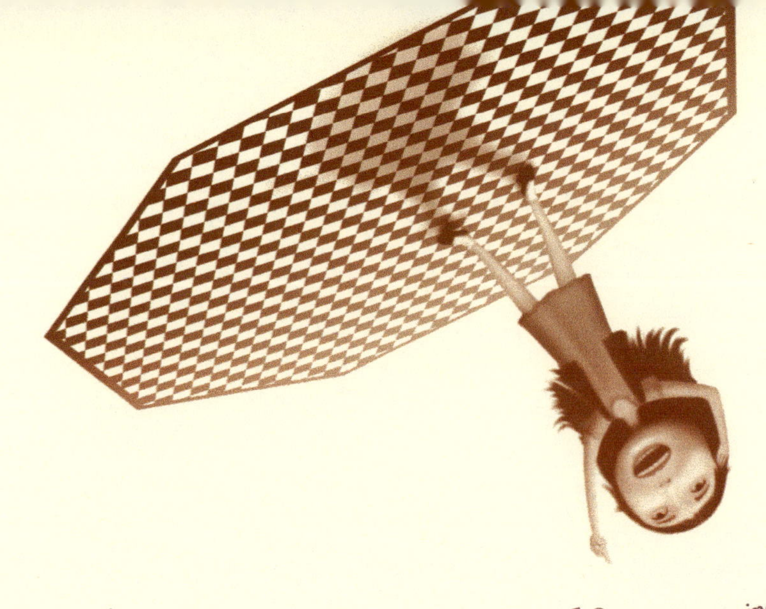

— Por que você não experimenta olhar para o teto? — sugere Tomenota.

O menino aceita a sugestão e vira os olhos para o alto. E o que ele vê, refletido no espelho octogonal que forma o teto, é *uma menina* de vestido cor-de-rosa, cabelos pretos muito lisos e longos, meias brancas e sapatos vermelhos.

Quando baixa os olhos, vê a mesma imagem refletida infinitas vezes nos oito espelhos que são as oito paredes da caixa.

— E então? Como você se chama? — perguntam as oito meninas, sentadas no chão quadriculado.

— Eu... eu... eu... não sei — responde a menina sem nome, sentando-se no meio da roda, ainda zonza com aquela espantosa transformação.

— O nome dela é Isabel! — diz Tomenota, caído no colo da menina sentada.

— Não, Belisa! — sugere Célia.

— Não, Blésia! — sugere Lécia.

— Não, Bisael! — sugere Ciela.

— Não, Basile! — sugere Laeci.

— Não, Bilesa! — sugere Ciléa.

— Não, Bliséa! — sugere Laíce.

— Não, Basiel! — sugere Cleia.

— Não, Bisela! — sugere Licéa.

— Parem com isso, vocês oito! — ordena o livro, irritado. — Eu já dis
o nome dela é Isabel!

— Isabel... Meu nome? — diz ela, muito espantada ainda com tud
Mas por que foi que eu virei menina?

— Para poder brincar melhor com a gente! — exclamam as oito, muito sorridentes.

— É isso mesmo — confirma Tomenota. — Você, quando caiu aqui, atravessou um espelho... E os espelhos têm esse fabuloso e fascinante poder mágico de mostrar as coisas...

— Ao contrário? — sugere Isabel.

— Não exatamente... — responde o livro.

— Invertidas? — diz ela, tentando achar uma explicação.

— Eu não diria assim... — diz Tomenota. — Eu diria que os espelhos fazem a gente ver as coisas de um modo... diferente... É isso! *Diferente* me parece a melhor palavra...

— E por que eu tinha de ser menina para ver as coisas de um modo diferente? — pergunta Isabel, que fica olhando para seu reflexo nos muitos espelhos, observando suas novas formas, seu corpo novo.

— Porque *ver* é *ser*... — responde o livro. — Ver é viver...

— Eu já ouvi isso antes... — comenta Isabel.

— Evidentemente... — retoma Tomenota. — E viver é ser, logo, portanto e consequentemente, ver também é ser... O modo como a gente *vê* as coisas revela muito do que a gente *é*... E o modo como a gente *é* influencia muito o modo como a gente *vê* as coisas...

— E qual a vantagem, afinal, de ver as coisas de um modo diferente? — pergunta Isabel, prestando atenção em sua nova voz.

— Muitas vantagens! — exclamam as oito meninas em volta.

— Ver as coisas de um modo diferente daquele ao qual estamos habituados só serve para melhorar o nosso modo de ser — insiste o livro. — A gente passa a entender melhor as coisas, passa a compreender os diversos lados de um mesmo problema... A gente ganha uma visão mais completa, vê mais detalhes, percebe os pormenores... Aliás, foi por ter passado por uma experiência muito parecida que o meu amigo Tirésias se tornou uma pessoa muito importante e requisitada...

— Tirésias? — pergunta Isabel. — Quem é esse?

— Conte para nós! — pedem as oito meninas em coro.

— Então eu conto... — diz Tomenota.

— Oba! História! História! História! — gritam elas.

— Essa é uma história que vem da Grécia — explica o livro, assumindo um tom de voz de professor muito sério. — Tirésias, certa vez, estava passeando pelo campo, quando foi atacado por um casal de serpentes venenosas. Para se defender, ele acertou uma das cobras com um bastão. Era a serpente fêmea, que caiu morta. Imediatamente, ele se transformou em mulher. Sete anos depois, andando de novo no mesmo lugar, a cena se repetiu. Só que dessa vez ele conseguiu matar a serpente macho. No mesmo instante, voltou a ser homem.

— E por que você disse que ele se tornou uma pessoa famosa? Só por isso? — pergunta Isabel.

— E você ainda diz que é *só*? — espanta-se o livro. — Por ter sido o único ser humano, antes de você, é claro, a ter podido ver o mundo com os olhos do homem e da mulher, Tirésias se tornou um grande sábio, um conselheiro inestimável. Até mesmo os poderosos deuses do Olimpo vinham tirar suas dúvidas com ele. Era tão sábio que ganhou dos deuses um dom especial: o da adivinhação...

— Quer dizer então que eu também posso me tornar uma pessoa muito sábia e com dons de adivinhar? — pergunta Isabel, já um pouco mais animada.

— Tudo depende do que você fizer — explica o livro. — Afinal, você precisa aprender a ver as coisas dos mais diferentes modos possíveis, se quiser sair daqui, se quiser passar na prova...

— Que prova? — pergunta a menina.

Mas Tomenota, em vez de responder, prefere continuar o que estava dizendo:

— Se quiser passar... Se souber aproveitar essa chance única, peculiar, intransferível, inigualável, irrepetível...

— Você quer brincar com a gente? — voltam a perguntar as meninas, interrompendo Tomenota.

— Não sei... — suspira Isabel, ainda muito tonta com tantas mudanças. — Ainda não sei se gosto dessa ideia de ser menina!

— Por que não? É tão gostoso! — diz Licéa, sorridente.

— É mesmo maravilhoso! — repetem as outras sete.

— Você quer brincar com a gente? — pergunta Célia.

Isabel não sabe o que responder.

— É melhor você brincar com elas — explica Tomenota. — Só assim vai poder voltar a ser menino, antes que o tempo se esgote...

Isabel se anima um pouco:

— É verdade? Elas podem me ajudar?

— Evidentemente — responde o livro. — Depende do que você disser, ou fizer... o que dá no mesmo...

As meninas esperam. Isabel então decide, sem muita vontade:

— Quero sim, quero brincar com vocês.

As oito batem palminhas de felicidade.

— Então vamos começar! — diz Laeci.

— Vamos brincar de esperança! — propõe Ciela.

— Como é esse jogo? — pergunta Isabel.

— Muito simples, muito simples — responde Laíce.

— A gente diz uma frase — explica Ciléa.

— E você diz outra que combina — termina Cleia.

— Podemos começar? — pergunta Licéa, animada.

— Podemos — responde Isabel, já um pouco mais curiosa.

As oito meninas, então, dizem numa só voz:

— A esperança espera!

Isabel ouve aquilo, sem entender muito bem.

"A esperança espera? E eu tenho de dizer uma frase que combine? Vamos ver... Vamos ver... Não parece tão difícil assim..."

Ela pensa um pouquinho e diz:

— A alegria alegra...

E fica esperando o resultado.

As outras se entreolham e em seguida, olhando para Isabel, vaiam:

— Buuuu!

Isabel fica confusa.

"Que jogo mais maluco é esse?"

— A esperança espera? — pergunta ela, para confirmar.

— A esperança espera! — repetem as oito.

Isabel pensa mais um pouco. Arrisca de novo:

— A saudade... saúda?

— Buuuu! — nova vaia em oito vozes.

Tomenota, então, comenta, baixinho:

— Eu já expliquei que nem tudo o que parece deixa de ser o que não é...

— Lá vem você de novo...

— Estou tentando te ajudar — diz o livro.

— Não ajuda nada falando desse jeito todo enrolado... — reclama a menina.

— Experimente me abrir na página oito — sugere o livro.

Isabel faz isso. E encontra naquela página o desenho de um inseto, mais ou menos assim:

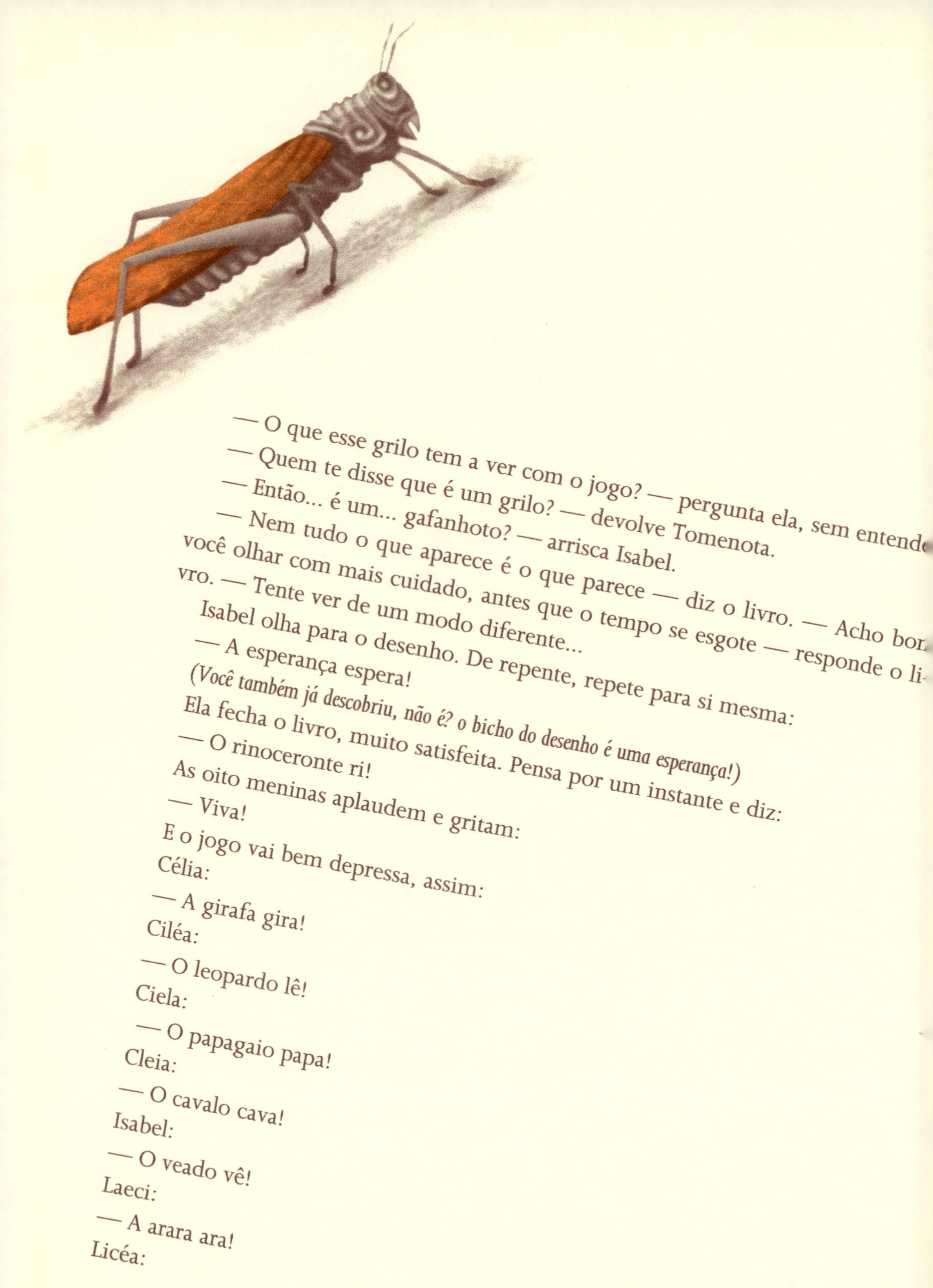

— O que esse grilo tem a ver com o jogo? — pergunta ela, sem entend

— Quem te disse que é um grilo? — devolve Tomenota.

— Então... é um... gafanhoto? — arrisca Isabel.

— Nem tudo o que aparece é o que parece — diz o livro. — Acho bom você olhar com mais cuidado, antes que o tempo se esgote — responde o livro. — Tente ver de um modo diferente...

Isabel olha para o desenho. De repente, repete para si mesma:

— A esperança espera!

(Você também já descobriu, não é? o bicho do desenho é uma esperança!)

Ela fecha o livro, muito satisfeita. Pensa por um instante e diz:

— O rinoceronte ri!

As oito meninas aplaudem e gritam:

— Viva!

E o jogo vai bem depressa, assim:

Célia:

— A girafa gira!

Ciléa:

— O leopardo lê!

Ciela:

— O papagaio papa!

Cleia:

— O cavalo cava!

Isabel:

— O veado vê!

Laeci:

— A arara ara!

Licéa:

— O passarinho passa!

Laíce:

— O cágado caga!

Lécia:

— A cantárida canta!

(*Você não sabe o que é cantárida? É mais um inseto, da família do besouro.*)

Isabel:

— O pintassilgo pinta!

Cleia:

— O dourado doura!

Ciela:

— O orangotango ora!

Ciléa:

— A baleia bale!

Célia:

— A piranha pira!

Isabel fica tão animada com o jogo, que quando chega de novo a sua vez ela dispara:

— A cobra cobra! A rola rola! O sofrê sofre! O beija-flor beija! O vaga-lume vaga! O pica-pau pica! O louva-a-deus louva e a saracura sara e cura!!!

As outras meninas ficam muito surpresas com aquela explosão, mas acham muito divertido e aplaudem Isabel. Que ainda não está satisfeita e continua:

— Sem contar que a tanajura jura, a gaivota vota, a raposa posa, a mariposa também, a sanguessuga suga e o bem-te-vi te viu!!!

Ela para um instante, fica apreciando o espanto na cara das meninas, e nem sabe muito bem de onde vieram aquelas coisas todas que acabou de dizer.

"Será que agora que sou menina fiquei mais inteligente?"

— Não fique imaginando que você ficou *mais* inteligente... — diz Tomenota (*então ele pode ler o pensamento dos outros?*). — Você está usando a mesma inteligência que sempre teve, só que de um jeito *diferente*...

Isabel se surpreende com aquilo. Mesmo assim, quer saber:

— Pronto? Já posso ser menino de novo?

— Ainda não — responde Licéa.

— Não ainda — responde Ciela.

— Vamos te ensinar gualin! — propõe Laíce.

— Isso! Isso! Vamos te ensinar gualin! — exclamam as outras sete.

— Gualin? — pergunta Isabel. — E como é esse jogo?

Nenhuma delas responde. Mas todas, em silêncio, põem a mão no bolso do vestido e de lá retiram umas fichas de papelão do tamanho de cartas de baralho.

— Pegue as suas! — manda Tomenota.

— As minhas o quê? — pergunta Isabel.

— As suas fichas... — responde o livro.

— E eu por acaso tenho fichas?

— Claro que tem.

— E onde é que estão?

— No bolso do vestido, evidentemente.

Isabel leva a mão ao bolso do vestido e de fato lá encontra um maço de fichas, que ela começa a examinar.

— São figuras! — diz ela.

— Evidentemente — confirma o livro.

— E para que servem?

— Para você aprender gualin — responde Licéa.

— E como é esse jogo agora? — quer saber Isabel.

— Não é jogo... Me dá suas fichas aqui — pede Ciela.

Isabel entrega suas figuras à menina. Ciela então distribui as fichas pelo chão, num dos quadrados brancos do piso, formando colunas com elas. Depois, faz o mesmo com as fichas que ela e as outras tiraram de seus bolsos. Isabel vê que os cartões delas têm palavras escritas. Algumas são conhecidas: TOGA, FRESCO, LAMA, BOLO, MALES, GOLA, CABO, TORA... Outras, porém, são muitos esquisitas: NHAFRO, NAPER, XACAI, PAMA, TRAOS, FOGAR, COTRON, TOPRA...

Para piorar tudo, as meninas começam agora a falar numa língua maluca:

— Mosva larfa gualin! — diz Célia.

— Como é que é? — pergunta Isabel.

— Mosva larfa! Gualin é um tojei de larfa! — responde Laíce.

É claro que a explicação não serviu de nada.

— Jave moco é... — diz Ciléa pegando uma ficha com uma palavra. — Tomui cilfá...

A ficha que ela tem na mão traz a palavra MALES. Ciléa examina agora as fichas com figuras. Quando encontra a que deseja, coloca as duas juntas num dos quadrados pretos que formam o piso, assim:

— Viu só? — pergunta o livro. — Não é difícil.

— Não é difícil para quem já conhece essa língua — replica Isabel.

— Mas você conhece... — diz Tomenota.

— Conheço nada — insiste a menina.

— Conhece sim — rebate o livro. — Eu já te disse: as aparecências esganam...

— As aparências enganam — corrige Isabel.

— Ou isso... — diz o livro.

É a vez de Laeci. Depois, é Ciela. Em seguida, Laíce... Quando as oito terminam de jogar (*mas quem disse que é um jogo?*), Isabel examina o que elas fizeram:

a b c d u R
A f G n
M Z

TRASLE

CAMOS

TAFES

XACAI

DOMUN

Isabel olha que olha e reolha. Sem se dar conta, começa a repetir:

— Males... males... males... males... males... males... males...

De repente, tudo fica claro:

— É mesmo muito fácil! — exclama, feliz. — Males é lesma!

— Lesma é que é males! — gracejam as meninas.

Isabel reúne as palavras e as figuras que sobram, terminando o trabalho das outras meninas.

As oito então se levantam, dão as mãos umas às outras e começam a brincar de roda em volta de Isabel, que também está de pé:

— Lhavirama, lhavirama,
Com as vraslapa carbrin!
Zerfa um morisbalama
com sanos labe gualin!

Lhavirama, lhavirama,
é tarcan, tarcon, garxin!
Lhavirama, lhavirama,
Maximá davi dalin!

Cantam e rodam oito vezes para um lado, oito vezes para o outro. Quando terminam a ciranda, Isabel pergunta, ansiosa:

— E agora? Já posso voltar a ser menino?

(Ela parece que não está com muita paciência para esperar os sete anos que Tirésias teve de viver como mulher antes de voltar a ser homem de novo.)

— Tem de passar pelo espelho! — respondem todas em coro.

— Antes que o tempo se esgote — completa o livro.

— E como é que se passa pelo espelho? — pergunta Isabel, sem entender.

— Vem comigo! — diz Célia, pegando Isabel pela mão.

Isabel guarda Tomenota no bolso do vestido e se levanta, acompanhando Célia.

Cada uma das meninas se coloca na frente de um espelho. Isabel está junto com Célia, que não solta sua mão.

— Vamos lá? — pergunta-lhe a menina, avançando na direção do seu próprio reflexo e puxando sua companheira. Todas as outras fazem o mesmo.

E assim, num passe de mágica (*ou num passo de mágico?*), as duas chegam do outro lado. Isabel olha para trás e não vê nem sobra nem sombra do espelho por onde acabou de passar. O que seus olhos encontram é um riacho de águas muito limpas e muito calmas. E o que ela vê, refletido naquelas águas, é o menino que nunca deixou de ser.

Quando se volta para a frente, vê que agora está na companhia de outro menino, muito parecido com Célia:

— Quem é você? — pergunta Daniel (*que não gosta de seu nome*).

— O meu nome é Icael — responde o outro, sorrindo. — Vamos comer doce de abóbora?

— Doce de abóbora? — repete Daniel, que está mesmo com fome.

— Ali se faz — responde Icael, apontando para uma casinha que está plantada no meio de uma grande plantação de abóbora.

— Alice faz? Quem é Alice? — pergunta Daniel, meio confuso.

— Não tem Alice nenhuma — responde Icael. — Eu disse que ali se faz, ali, naquela casa, se faz o melhor doce de abóbora do mundo todo.

— Ah, entendi! E quem é que faz?

— Ana Groma — responde Icael. — A melhor cozinheira dessas terras.

— Ana Groma? — repete Daniel. — Que nome mais engraçado...

E os dois se põem a caminho da casa, atravessando a plantação. Daniel se espanta com o tamanho das abóboras, que são enormes, e dos mais diferentes tipos e formatos.

Daniel acha divertida aquela casa com forma de abóbora, cheia de gomos gordos. E comenta:

— Muito legal essa casa, cheia de gomos!

— Cada um desses gomos se chama *abóbada* — explica Tomenota, espichando-se um pouquinho para fora do bolso da camisa do menino. — Uma casa cheia de *abóbadas* é uma casa *abobalhada*. Esse tipo de casa só existe nas plantações de abóbora, e quem mora nela é chamado *cabrobó*...

Mas Daniel nem se importa com as explicações malucas do livro. É que de dentro da casinha está vindo um cheiro delicioso, um cheiro doce e bom de doce bom...

Quando chegam na frente da porta, Icael dá três pancadinhas: toc... toc... toc...

— Já vai, já vou, já vim... — responde uma voz.

A porta se abre e aparece uma mulher sorridente e gorda, que mais parece, ela também, uma abóbora.

— Olá, Ana Groma — cumprimenta Icael.

— Olá, meninos, Icael e Daniel! Entrem logo, fechem a porta, venham até a cozinha, pois estou para começar uma nova encomenda de doce!

E enquanto fala, ela sai andando, deslizando, patinando, como se tivesse rodinhas nos pés.

— Sentem-se, sentem-se, meninos, Icael e Daniel! A casa é sua, a casa é nossa, vamos logo começar, antes que o tempo se esgote. Temos de preparar a encomenda, não é?

Daniel não sabe do que ela está falando, mas não se importa.

— Querem comer um pouquinho do doce de meia hora atrás? — pergunta Ana Groma.

Os meninos, que já se sentaram numa mesinha redonda, fazem sim com a cabeça.

— Cá está, cá está! — diz Ana Groma, que abriu um armário e de lá tirou um pote de porcelana (*em forma de abóbora, como você adivinhou?*). Deixa ele no meio da mesinha, dá uma colher a cada menino e diz: — Comam tudo, comam à vontade, não deixem nada ficar...

Eles obedecem na hora. Daniel prova um pouquinho e fica encantado com aquele doce de abóbora saboboroso. Nunca provou nada igual.

Enquanto eles comem, Ana Groma joga uma grande quantidade de abóbora cortada em cubos dentro de um enorme caldeirão de água fervendo. Com uma colher de pau do tamanho de uma vassoura, vai mexendo e vai cantando:

— Já está pra começar
outra vez a nossa óbora,
a colher vamos mexendo
nesta mágica manóbora
de fazer o melhor doce,
nosso doce de abóbora!
É de dar água na boca,
nossa língua se desdóbora
pra lamber o inteiro pote
sem deixar nenhuma sóbora
do melhor doce do mundo,
nosso doce de abóbora!

Daniel acredita nos versos da cantiga: aquele doce é igual a nada do que ele já comeu em toda a vida.

Icael então pede:

— Ana Groma, conta aquela história pra gente!

— Aquela história? — pergunta a mulher.

— Aquela mesma! — confirma Icael.

— Que história? — quer saber Daniel.

A mulher sorri, começa a jogar açúcar dentro do caldeirão e só depois responde:

— Que história? Só pode ser uma história de abóbora!

E sem parar de mexer a grande colher de pau, ela começa a contar.

Por causa de um sonho

— No reino de Agnamor, encravado entre altíssimas montanhas, conta-se que existiu, num tempo já perdido no tempo, aquela princesa infeliz. Seu nome, Morgana. Embora os anjos do céu tivessem dado a ela lindos olhos negros e uma face morena de inigualável boniteza, nada no mundo havia capaz de fazer ela sorrir.

— Mas por que era assim? — pergunta Joel (*que não gosta de seu nome*).

— Calma, calma, não se apresse — responde Ana Groma, sempre mexendo a colher. — Quando o rei de Agnamor quis tomar esposa, entre as inumeráveis jovens que se apresentaram diante dele estavam duas irmãs gêmeas, ambas dotadas do mesmo rosto iluminado, da mesma voz de passarinho alegre, do mesmo perfume de rosa mansa. Deslumbrado com aquela dupla visão de maravilha, o rei viu-se num dilema: era preciso decidir por uma delas. Pediu, então, que cada uma das irmãs lhe trouxesse um presente dentro de três dias. Aquela cuja oferenda mais lhe tocasse o coração seria escolhida para ocupar o trono de Agnamor e reinar ao lado dele.

Uma das irmãs, ansiosa com a tarefa, saiu pela capital a contrair dívidas. Prometia pagar tudo quando, já rainha, tivesse acesso aos tesouros reais. Se não fosse a escolhida — coisa que nem de longe lhe passava pelo espírito —, trabalharia de graça para cada um dos credores até saldar o que devia.

Assim, recebeu de um ourives um jogo completo de pratos e talheres de ouro puro, ornados de pequenas pedras preciosas. A um criador de cavalos pediu sete lindos animais, todos de pelagem imaculadamente branca e reluzente.

De um viticultor adquiriu doze dúzias de odres do vinho mais fino e saboroso. A um moveleiro encomendou uma cama de precioso sândalo do Nepal, cujo perfume inebriava os corações e despertava ao amor.

Ordenou a um ferreiro que forjasse uma espada perfeita e precisa do mais rico metal. Trouxe da oficina de um tecelão um tapete longo e largo, com bordados que representavam todo o poderio e a glória de Agnamor.

E para coroar tudo, mandou fabricar uma carruagem que fosse digna de transportar o próprio Criador do mundo.

— E a outra? E a outra? E a outra irmã, cadê? — pergunta Icael, lambendo o doce da colher.

— A outra irmã, enquanto isso — prossegue Ana Groma —, serena e calma, jejuava e orava. Pedia ao céu que lhe iluminasse as ideias e lhe concedesse a forma justa de alcançar o amor do rei. E suportava com paciência o sarcasmo e a ironia da irmã, que vendo ela assim, silenciosa e tranquila, já se julgava a vencedora.

Chegado o dia de se apresentarem, saíram juntas de casa. Uma seguia em trajes de festa, vestido de seda pura vermelha costurada com fios de ouro, colares e brincos de esmeralda, anéis de turquesa e rubi. A outra, porém, contentou-se com um vestido simples, mas delicado, de cetim branco, os cabelos soltos, e uma rosa muito rubra nas mãos.

O rei, então, perguntou à primeira: "Que trazes tu para o teu rei?".

E ela, muito aflita, lhe apresentou um por um os magníficos objetos, os presentes sem preço que julgava valerem o direito de ocupar o trono de Agnamor. O rei examinou tudo aquilo: avaliou os talheres de ouro, provou o vinho, sentiu o odor requintado do sândalo, tocou a maciez do tapete, alisou a crina escovadíssima dos cavalos brancos, mediu com o olhar o poder da espada, calculou as distâncias que poderia percorrer na carruagem. No entanto, nada disse.

Voltou-se para a segunda das jovens: "E tu, o que trazes?".

Ela avançou um passo tímido, ergueu a flor que trazia entre as mãos e disse: "Eu vos trago, senhor, esta rosa nascida de um sonho". O rei, admirado, indagou: "Que queres dizer com nascida de um sonho?".

E ela respondeu: "Para conhecer o presente exato que satisfaria o coração do meu rei, recolhi-me em oração contemplativa. Ora, na noite de ontem, tive um sonho. Neste sonho, o senhor meu rei aparecia, em toda a sua glória, despetalando, do topo de uma altíssima torre, uma rosa que nunca terminava de se despetalar. Aquelas pétalas choviam então sobre o povo de Agnamor, que as recebia entre sorrisos e lágrimas de felicidade. Quando despertei, eu também feliz, vi esta rosa depositada entre os meus seios. Seu perfume é inigualável, sua cor não existe neste mundo, suas pétalas têm a suavidade dos primeiros raios de sol. A quem mais poderia pertencer senão a Vossa Majestade?".

O rei sentiu o coração encher-se de ternura e os olhos, de lágrimas. Estendeu a mão na direção da rosa e, ao tocá-la, sentiu-se invadido por uma serenidade tão vasta quanto o próprio reino que lhe cabia governar.

Foi assim, então, que aquela jovem humilde se tornou rainha.

— E a outra? E a outra? E a outra irmã, cadê? — pergunta Icael, passando o dedo na beirada do pote.

— A outra irmã, endividada para o resto da vida, sentiu-se tremendamente injustiçada. E mais humilhada ficou quando a rainha generosa pagou pessoalmente todas as dívidas da irmã e ainda convidou ela para viver em sua companhia no palácio. Um ódio surdo e uma promessa de vingança começaram então a germinar naquela alma.

Passado pouco mais de um ano, a rainha dava à luz a princesa Morgana. Sua irmã achou que o momento era chegado de vingar-se daquela que lhe havia roubado o trono de Agnamor. Penetrou à noite nos aposentos da rainha, que dormia, ainda fatigada do parto, e derramou sobre ela um estranho pó esverdeado, que aprendera a fabricar numa velha gramática que estivera lendo às escondidas. A rainha então, sempre adormecida, começou a encolher, e foi diminuindo até se transformar num punhado de sementes secas. A irmã pegou as sementes na palma da mão e guardou numa caixinha de madeira. Ocupou, em seguida, o lugar da rainha no leito.

A menina recém-nascida, no entanto, tinha assistido tudo, e a visão da mãe sendo transformada em semente lhe causou tamanha dor que nunca mais seus lábios deixariam escapar um único som, crescendo Morgana tão muda quanto os peixes dos abismos marinhos.

— Puxa vida, que coisa triste... — comenta Joel.

No dia seguinte, veio o rei visitar a mulher e a filha. Assim que ele entrou, a falsa rainha lhe disse: "Amado esposo, minha irmã pediu-me que vos comunicasse sua decisão de partir do nosso convívio. Disse-me que uma grande vontade de servir a Deus lhe havia tocado o coração com o nascimento da princesa, e que por isso ia recolher-se num mosteiro perdido entre as grandes montanhas".

O rei acreditou.

— Esse rei não é meio bobo, não? — comenta Joel, servindo-se de mais doce.

— Nada disso — responde Ana Groma, provando o ponto da calda. — Naquele exato instante, porém, a rosa encantada, que até então permanecera viçosa e fresca no vaso que ornamentava a sala do trono, deixou cair uma de suas pétalas e começou lentamente a murchar.

A falsa rainha, mais tarde, entregando a caixinha de madeira a um dos guardas do palácio, assim lhe ordenou: "Cavalga na direção do poente até as fronteiras de Agnamor. Escolhe um lugar ameno e fresco, cava ali um fundo buraco no chão e enterra esta caixa de madeira. Presta atenção para não seres visto. Obedece, e sobretudo não fales nada disso a ninguém, ou do contrário te mandarei enforcar".

O guarda, cheio de temor, cumpriu a estranha ordem.

— Acho que já está quase no ponto... — diz Ana Groma, avaliando a textura do doce entre dois dedos.

— E a princesa? E a princesa? — pergunta Icael.

— Morgana cresceu, muda e solitária — retoma a doceira. — A lembrança do desaparecimento da mãe já se apagara em sua memória para dar lugar a uma saudade do que não conhecia, a um desejo sem nome, a uma infelicidade sem explicação. Ninguém jamais tinha visto ela sorrir.

O rei não sabia o que fazer para agradar a filha e enchia ela de presentes caros, claros, raros. Mas nada satisfazia a gana de amor da princesa. A falsa rainha não dava a menor atenção à menina, deixando ela aos cuidados de amas e criadas, preferindo gozar das delícias que sua condição lhe oferecia. Frequentemente organizava festas que eram apenas pretextos para exibir suas joias recém-compradas e seus intermináveis vestidos novos. Viajava por todo o reino em excursões que não dispensavam a escolta de quinhentos cavaleiros armados, cinquenta damas de companhia, uma orquestra de cem músicos, um corpo de baile com setenta dançarinos, todo um cortejo de esplendor e deboche.

O rei, no princípio, não se importou. Mas aos poucos foi percebendo que aquela já não era a jovem humilde e generosa com quem se casara. Uma pesada tristeza se abateu sobre ele, principalmente ao se dar conta de que da rosa de maravilha não restava senão uma haste ressequida e escura.

Quando Morgana completou quinze anos, o rei decidiu, de acordo com as

tradições, oferecer a filha em casamento. A melancólica princesa consentiu, mas deu a entender ao pai que só se casaria com aquele que fosse capaz de fazer ela conhecer os segredos da alegria.

Publicou-se o decreto real, e logo acorreram ao palácio incontáveis príncipes e fidalgos, vindos de reinos vizinhos e distantes, desejosos de conquistar o direito à sucessão de Agnamor. Cada um trouxe aquilo que, no seu entender, poderia fazer a triste princesa sorrir: pássaros exóticos das ilhas tropicais, capazes de imitar a voz humana; meigas serpentes que levitavam ao som das flautas; um grande urso-negro dançarino; um raro filhote de elefante branco dos confins de Cachemira; uma incrível borboleta cujas lagartas eram bolas vivas de seda pura; um chifre de unicórnio poderoso em curar toda sorte de moléstia. Mas a princesa afastava tudo aquilo de si, com um gesto de mão aborrecido e um suspiro de tédio sem fim.

— A senhora se expressa com muito garbo e propriedade — comenta Tomenota. — Sabe escolher as palavras como quem escolhe os ingredientes para um doce...

— Muito abobrigada — agradece Ana Groma.

— Silêncio, Tomenota — ordena Joel. — Deixa ela contar a história.

E Ana Groma retoma:

— Ora, nos confins de Agnamor vivia um moço chamado Ramagno, filho de lavradores pobres que sobreviviam graças aos legumes que cultivavam em seu pedaço de chão. Entre esses legumes havia uma espécie rara chamada moranga, enorme abóbora redonda capaz de pesar tanto quanto um homem adulto.

— Então essa sua casa é uma moranga? — pergunta Joel.

— Isso mesmo, menino, uma moranga do tamanho de uma casa... — confirma Ana Groma.

— Que graça! — comenta Joel.

— Um dia, Ramagno cuidava de seu trabalho na horta quando ouviu um desesperado pio de ave. Buscou com o olhar e viu um filhote de pássaro que tinha caído do ninho ao chão e estava prestes a ser atacado por uma feia cobra escura. Ramagno correu até lá e com sua enxada partiu o réptil pegajoso ao meio e atirou os dois pedaços para longe dali. Recolheu do chão o passarinho, subiu na árvore e colocou ele de volta ao ninho, onde foi recebido por uma ave-mãe aflita. Voltou a trabalhar e não pensou mais naquilo o resto do dia.

Na mesma noite, porém, teve um sonho. E nele, a mãe-pássaro, agradecida, lhe dizia: "Meu jovem, tu hoje foste bom para mim e por isso te recompensarei, entregando-te as chaves de um segredo. Escolhe a maior moranga da tua horta e vai levá-la até o palácio do rei, onde vive uma princesa triste que está à tua espera para ser feliz. Vai, e que Deus te acompanhe!".

— Como as pessoas sonham nessa história! — queixa-se Icael.

— Mas é assim que ela é — diz Ana Groma, sem se aboborrecer. — O moço acordou sobressaltado. Não ia acreditar naquilo, embora os mais velhos dissessem sempre que os sonhos podiam ser mensagens do céu. De qualquer maneira, tinha ouvido falar da princesa Morgana, sempre infeliz em seu palácio, e condoeu-se do destino daquela criatura condenada a nunca sorrir.

Foi até os pais, contou-lhes de seu sonho e lhes pediu a bênção para tentar sua sorte. Os velhos, impressionados com o relato, permitiram que Ramagno partisse. Ele escolheu então a maior de todas as morangas, uma tão grande e pesada que precisou de ajuda para colocá-la na carreta tosca, puxada por um asno muito magro, que levaria o moço até a capital.

Sua viagem foi demorada e cansativa. Em todos os lugares onde parava para comer ou para o asno repousar, as pessoas se juntavam em torno da moranga gigantesca e se admiravam de seu tamanho nunca visto tão grande. Quando lhe indagavam para onde levava aquele legume monumental, Ramagno, com muita simplicidade de alma, respondia: "Levo esta moranga de presente para a princesa que não sabe a cor da alegria!".

Todos então se punham a rir gostosamente, o que para Ramagno parecia muito bom, sinal de que decerto também a princesa sorriria. Mal sabia ele, em sua inocência rude, que estavam todos na verdade a zombar de sua pretensão tola. E quando se afastava, os comentários mais frequentes eram: "O pobre campônio não se enxerga! Quem já viu... oferecer uma moranga ridícula a uma princesa que tem tudo o que há de mais precioso... Será que não tem pais que mostrem a ele o papel de bobo que vai fazer na corte?".

— É o que eu também estou pensando — diz Icael, sem parar de comer.

— Mas Ramagno, cheio de confiança, prosseguia seu caminho.

Até que chegou. Parou sua carreta diante dos portões do palácio. Os guardas deixaram ele entrar, segundo as ordens do rei, que já tinha perdido, no entanto, qualquer ilusão de casar a filha melancólica.

Ramagno apeou. Dois guardas, vendo ele em apuros para transportar a pesada moranga, foram ajudar e carregaram o legume imenso até a sala do trono, depositando a carga no tapete diante do rei.

Ao saber que mais um pretendente tinha aparecido, a princesa Morgana, triste mas cheia de esperança, correu até a sala maior do palácio. Ao ver o enorme legume avermelhado e reluzente, sentiu uma onda de calor subir-lhe por todo o corpo, uma vibração nova e diferente, boa e sincera, e desdobrando a língua pela primeira vez em toda a vida, deixou escapar em alto e sonoro som: "Moranga!".

E seu rosto se iluminou num sorriso inigualável. O rei, comovido, chorou em silêncio. A falsa rainha, que também estava lá e tinha visto tudo, sentiu de repente um terrível frio no peito.

Morgana se ajoelhou junto da grande moranga, tocou nela com as mãos, aproximou seu rosto da casca rija, cheia de gomos brilhantes. De repente, porém, ergueu-se, assustada, como se tivesse visto ou ouvido alguma coisa. Sem que ninguém pudesse impedi-la, agarrou a espada de um dos guardas presentes e, servindo-se dela como faca, cortou o topo da moranga, para ver o que tinha lá dentro. E viu.

Viu que dentro daquela abóbora descomunal estava uma mulher toda encolhida, de olhos cerrados como se dormisse ou estivesse morta. Morgana então gritou novamente: "Mãe!".

— Oh! — exclama Icael.

— E a mulher abriu os olhos, moveu-se lentamente, foi se erguendo de dentro da moranga até que todos puderam reconhecer nela a verdadeira rainha, a mulher amada do rei, mãe da princesa Morgana. A usurpadora, tomada de pânico, deixou escapar um grito horrendo e rouco, e caiu desmaiada.

— Bem feito! — comemora Joel.

— E assim foi. A rainha recuperou seu trono e o amor dos seus. Morgana ganhou voz e nunca mais deixou de sorrir. Na haste ressequida da rosa encantada uma nova flor milagrosa nasceu, e a cada súdito a quem concedia audiência o rei ofertava uma pétala abençoada. A irmã gêmea da rainha, causadora de tanto mal a tanta gente, foi deportada para algum país muito distante, e nunca mais tiveram notícias dela.

— E Ramagno? — pergunta Icael. — Casou com a princesa e foram felizes para sempre?

— Nada disso — responde Ana Groma. — O humilde rapaz sabia que não tinha nascido para viver em palácio, e tanto tempo longe já lhe dava saudade de seus legumes e de sua vida tranquila de honesto lavrador. Confessou à princesa que tudo fizera pelo prazer simples de trazer felicidade a alguém. Morgana pediu então que ele ficasse só mais alguns dias por ali, com ela. Queria saber os segredos da arte de cultivar abóboras. Ramagno ficou e ensinou a ela os muitos mistérios do delicioso legume, inclusive receitas secretas de doces inigualáveis...

— Então, quer dizer... — começa Joel, mas Ana Groma não deixa ele terminar:

— Depois, o rei recompensou Ramagno enchendo aquela moranga enorme de moedas de ouro, que ele levou de volta para casa e entregou ao pai, que agradeceu então a Deus de lhe haver dado um filho tão bom. Isso sim é ser feliz para mais que sempre. E tudo por causa de um sonho...

A história de Ana Groma termina no exato momento em que o doce também fica pronto.

— Muito bem! Muito bem! — diz ela, sem parar de sorrir. — Aqui está a encomenda, prontinha para ser levada!

Joel resolve então perguntar:

— Quem encomendou esse doce para a senhora?

— Ora essa, menino! — exclama Ana Groma, abrindo armários e recolhendo de dentro deles alguns vidros com tampa. — A encomenda é para você levar!

— Para eu levar? — Joel se espanta.

— Claro, para você! — confirma Icael. — E é bom se apressar, antes que o tempo se esgote.

— Mas para quem eu vou levar o doce? — pergunta Joel, confuso.

— Isso não é comigo — responde Ana Groma, enchendo os vidros com doce de abóbora e fechando todos bem fechados com as tampas. (*Eu sei que nenhuma cozinheira que se preze faria isso antes de deixar o doce esfriar, você tem razão, mas eu não posso esperar tanto...*) — Meu trabalho é fazer o doce...

Enquanto fala, ela arranja quatro vidros numa caixa de madeira com uma alça.

— Aqui está! — Ana Groma diz, entregando a encomenda a Joel. — Pode ir, boa sorte, volte sempre, foi um prazer!

O menino recebe a caixa, que nem é muito pesada, e não sabe o que dizer.

— Você vem comigo, Icael? — pergunta ao companheiro, ocupado em lamber os últimos vestígios do doce que estava no pote sobre a mesa.

— Não, não posso. Tenho de voltar para brincar com minhas irmãs... — responde Icael, que no mesmo instante se levanta e vai embora.

Joel também se levanta, se despede de Ana Groma, agradece pelo doce e começa a caminhar na direção da porta da casabóbora. Mas a doceira chama ele de volta:

— Não é por aí, menino Joel! Você não quer voltar atrás, você quer ir para a frente, não é?

— Acho que sim — responde ele.

— Então, tem que sair por esta porta — diz Ana Groma, mostrando uma porta nos fundos da cozinha.

— Ah... está certo... muito obrigado — diz Joel, meio confuso, caminhando para lá.

Ana Groma abre a porta para ele passar. Joel então cruza a soleira da porta e quando dá mais um passo descobre que está novamente na sala dos oito espelhos.

As irmãs Viceversa

— Como é que eu vim parar de novo aqui dentro? — pergunta Miguel (*que não gosta de seu nome*).

Ele olha tudo em volta e vê que alguma coisa mudou. O chão não é mais um tabuleiro de xadrez, porque agora o desenho é este:

O teto é o mesmo grande espelho oitavado e as paredes... Espere um pouco: alguma coisa também mudou por ali...

— Por que dois dos oito espelhos estão assim agora? — diz o menino, chegando mais perto para conferir.

— Assim como? — pergunta Tomenota, que (*misteriosamente*) saiu do bolso do menino e agora está dentro da caixa de madeira, apertado entre os vidros de doce.

— Veja você mesmo — responde Miguel, retirando o livro de lá. É só então que ele descobre que Tomenota cresceu mais um pouco, está chegando quase na altura de seu joelho.

— Você está vendo esses dois espelhos? — indica o menino. — Estão pretos, opacos, não refletem mais nada.

— É porque você já passou por eles — explica o livro. — Um espelho, quando é atravessado, perde seu poder de reflexão e se transforma num *ex-pelho*... Isso sempre acontece uma vez que foi desfeito seu mistério repetidor, sua faculdade ilusória de mimetizar as aparências, as essências, as consciências e as inconsistências...

— Já entendi, não precisa enrolar mais — diz Miguel, passando a mão pelo vidro muito preto, completamente escuro e mais frio do que o medo horrível que sentiu aquela vez em que, num verão inesquecível, saiu nadando mar adentro, sem perceber que se afastava cada vez mais da praia e, quando deu por si, estava tão longe e tão cansado que achou que não teria forças para voltar...

Olha para o alto e se vê refletido, só que de um modo muito estranho. Em vez de estar de cabeça para baixo, como é normal com espelhos no teto, ele vê a sola de seus sapatos, como se o teto não fosse um espelho, mas sim um vidro transparente, e vê a si mesmo de pé, naquela sala maluca, e acima de sua cabeça outro espelho, com a mesma imagem, e acima deste, mais um, e mais um, e mais um, até a vista se perder ou se cansar...

— Muito esquisito mesmo — comenta ele.

Miguel trata logo de se olhar bem nos espelhos para ver se não está de novo transformado em menina. Tomenota (*adivinhando?*) diz:

— Não espere acontecer de novo...

— Acontecer o quê?

— Virar menina de novo, evidentemente. Essa experiência é grande demais para se repetir... E só acontece a cada cinco mil anos.

Miguel (*aliviado, mas não querendo deixar o livro perceber*) diz:

— Até que não foi tão mau... Você tinha razão: eu pude ver as coisas de um modo diferente.

— Que bom! — comemora o livro. — O importante mesmo é você guardar essas lembranças, conseguir continuar a ver as coisas de maneiras diferentes, sem precisar ficar usando vestido de babados...

Ficam em silêncio por alguns instantes. Até que o livro volta a falar:

— Espero que você já tenha entendido o que está se passando.

— E o que é que há para entender? — pergunta Miguel.

— Você recebeu quatro vidros de doce de abóbora. — diz o livro.

— Sim, e daí?

— E daí que você até agora não entregou nenhum.

— Eu sei que não, acabei de receber a tal da encomenda — diz Miguel. — Só que agora estou de novo preso nessa caixa...

— Você nunca esteve preso em lugar nenhum, muito menos nesta caixa, que aliás nem caixa é, é um calidoscópio — explica Tomenota.

— Um calidoscópio? Ah, eu sei o que é... aquele brinquedo de vidros e espelhos... — diz Miguel. — Mas se não estou preso, como faço para sair?

— Você já saiu uma vez, lembra?

— Quer dizer... que tenho só de atravessar mais um espelho?

— Evidentemente.

— Se é assim, então vamos lá — anima-se Miguel, pegando de novo a caixa.

Ele para na frente de um espelho que está ao lado de um dos *ex-pelhos* negros.

— Mas qual deles será?

— Isso é o que você tem de descobrir — responde Tomenota.

O menino dá de ombros e diz:

— Já que parece que vou ter de atravessar todos eles, vamos seguir a ordem... — sugere o menino, dando o primeiro passo.

Quando seu outro pé volta a pisar no chão, Miguel descobre que a paisagem mudou completamente. Ele está parado diante de uma casa, rodeada de muitas árvores altas. Olhando para trás, tudo o que ele vê é uma longa estrada de terra batida, que se perde dentro do bosque.

— E agora? — pergunta ele.

— Agora, você precisa passar pela prova, antes que o tempo se esgote — diz o livro.

— Mas que prova? — Miguel quer saber.

— Ora, essa, que prova... — responde Tomenota. — A prova que você está aqui para fazer, evidentemente. Ou por acaso o senhor acha que isso tudo é só um passeio de final de semana? Ou uma perambulação isenta de compromissos e sem nenhum engajamento formal da parte do postulante? Ou um mero exacerbamento das capacidades locomotoras de suas pernas e respiratórias de seus pulmões? Ou uma inconsequente e paroxística intervenção psicossomática do acaso no transcorrer incessante, exíguo e impermeável das horas e seu refluxo? Ou um onírico pormenor sintético das análises hiperbólicas do trans...

— Chega, por favor! — pede o menino. — Quando você dispara essa matraca, eu fico tonto... Seria bem melhor se me ajudasse de verdade, em vez de ficar dizendo tanta bobagem...

— Oh, a ingratidão! Oh, a contumácia! Oh, a vilania! — queixa-se o livro. — Oh, a deslembrança, o desapiedamento, a inflexibilidade, a crueza, a sanha, a materialidade e a sevícia! Oh...

— Oh digo eu — interrompe o menino, cansado, sentando-se na soleira daquela casa. — Estou aqui, no meio de lugar nenhum, diante de uma casa que não sei de quem é, com uma encomenda de doces que não sei para quem entregar, tendo de ouvir ainda por cima as lamúrias de um livro chato...

— Chato? Eu? — ofende-se Tomenota. — Você sabe muito bem que eu não sou chato, que eu sou um livro perfeitamente bem nutrido, até volumoso. Só *estou* chato agora, porque tive de me encolher para caber aqui, entre esses vidros de doce... Você não reconhece todo o esforço que venho fazendo para te ajudar, os sacrifícios que imponho a mim mesmo...

— Está bem, desculpe, vai... — diz Miguel, suspirando. — É que estou muito cansado, não sei para onde ir nem o que fazer.

— Se você tem doces para entregar, que tal começar por esta casa? — sugere Tomenota.

— Mas como vou saber se é aqui que mora quem fez a encomenda?... — diz Miguel.

— Você já reparou que cada vidro tem uma coisa escrita no rótulo? — pergunta o livro.

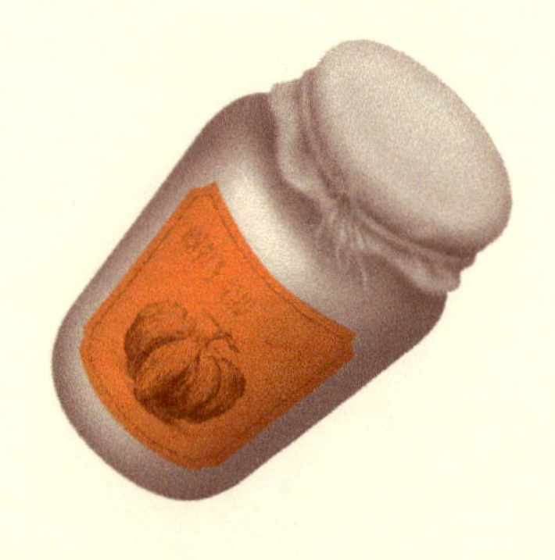

— Ah, é...? — surpreende-se o menino, retirando o primeiro dos vidros da caixa de madeira. No rótulo está escrito: Irmãs Viceversa.

— Irmãs Viceversa... — lê Miguel em voz alta. — Será que são elas que moram aqui?

— Evidentemente — responde Tomenota. — Mas você tem de tomar muito cuidado com elas.

— Por quê?

— Porque gostam de fazer os outros de bobo — responde o livro. — Você só vai conseguir entregar a encomenda se for mais esperto que elas...

— Por que tudo por aqui tem de ser tão difícil? — o menino se queixa.

— Difícil ou fácil, tem de ser — diz o livro. — Acho bom você começar logo...

— ... antes que o tempo se esgote — completa Miguel. — Tudo bem, vamos lá...

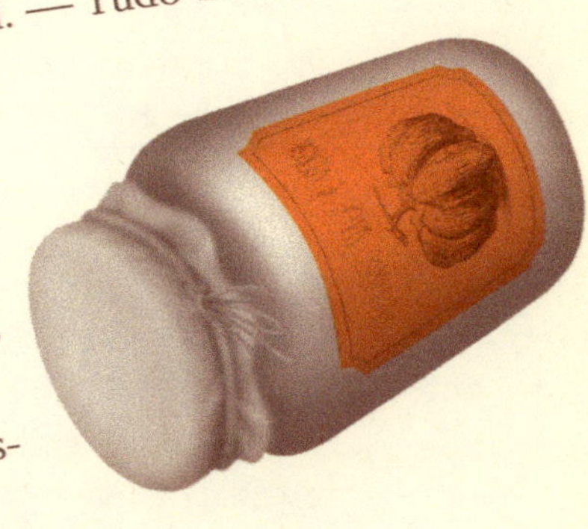

Miguel se levanta e bate à porta.

— Já vai! — responde uma voz lá de dentro.

— Vai já! — diz outra voz.

Uma janela se abre e nela aparecem duas mulheres, muito parecidas.

— Boa tarde, rapaz! — cumprimentam as duas ao mesmo tempo.

— Boa tarde, minhas senhoras... — retribui Miguel.

— Você... — diz uma — ... não mora... — diz a outra — ... por aqui — diz a primeira — ... não é? — completa a segunda.

Miguel acha divertida aquela maneira de falar. E responde:

— Não, não moro. Estou aqui por acaso.

— E o que por acaso você faz? — pergunta a primeira.

— E você faz o quê por acaso? — pergunta a segunda.

— Ele é pesquisador da prefeitura — responde Tomenota, de dentro da caixa. — Ele quer entrevistar vocês...

Antes que Miguel possa desmentir o livro, as duas se põem a falar:

1: — Entrevista a gente?

2: — A gente entrevista?

1: — Adoramos responder pesquisas.

2: — Pesquisas adoramos responder.

Miguel se lembra do aviso que Tomenota deu a respeito da esperteza das irmãs. Por isso, resolve aceitar a brincadeira. Tira Tomenota da caixa, pega seu lápis no bolso da camisa e finge escrever. Para começar, quer matar uma curiosidade:

— Vocês duas são gêmeas?

1: — Claro que somos!

2: — Somos que claro!

1: — Não está na cara, rapaz?

2: — Rapaz, na cara não está?

E as duas dão tapinhas na cara uma da outra.

— Quais são os nomes de vocês, por favor? — pergunta Miguel.

1: — Telma e Selma.

2: — Selma e Telma.

1: — Telma sou eu.

2: — Mentira, eu sou Telma.

1: — Selma, não começa de novo.

2: — Começa você não de novo, Selma.

1: — Telma!

2: — Telma!

Miguel interrompe:

— Afinal, quem é quem?

E as duas respondem juntas, apontando uma para a outra:

— Ela é a Telma!

Miguel, com ar visivelmente confuso, cruza os braços, esperando que elas se decidam. De repente, as duas começam a rir.

1: — Desculpe, rapaz. A gente só estava brincando.

2: — É uma mania nossa, sabe, desde que somos pequeninas.

1: — É, desde que pequeninas somos.

Miguel suspira e diz:

— Tudo bem. Eu entendo. Agora vamos lá, a sério, tá bem? Os nomes...

1: — Tânia.

2: — Vânia.

Miguel repete, como se estivesse escrevendo:

— Tânia e Vânia... Posso perguntar a idade?

1: — 43.

2: — 34.

Miguel vai anotando, sem perceber. De repente, pergunta:

— Como é que uma pode ter 43 e a outra 34? Vocês não disseram que eram gêmeas?

E as duas, espantadíssimas:

1: — Nós? Gêmeas? Que ideia!

2: — Nem primas somos, quanto mais gêmeas!

— Mas... espera aí, gente... assim fica difícil, puxa vida... Vocês são ou não são irmãs?

1: — Claro que somos.

— Mas vocês disseram que nem primas eram... — suspira Miguel.

2: — Claro que não somos primas. Somos irmãs.

1: — É, irmãs de criação...

2: — De criação...

1: — Criação de galinha e de porca...

2: — De porca e de parafuso...

1: — Para fuso horário também...

2: — Só que agora não estamos com fuso...

1: — Você é que parece confuso...

— Confuso mesmo — diz Miguel. — Se eu entendi direito, vamos ver... Tânia tem 43 anos e Vânia, 34.

1: — Quem é Tânia?

2: — Você é Tânia!

1: — Ah, sou? E quem é você?

2: — Eu sou a Vânia.

1: — É assim que a gente se chama? Vânia e Tânia?

2: — Tânia e Vânia. Foi o combinado.

Miguel não acredita no que está ouvindo:

— Combinado? Como assim? Como é que vocês se chamam realmente? Eu tenho uma encomenda para entregar e não posso ficar aqui o dia todo...

Elas parecem assustadas com o tom de voz do menino. Fazendo cara séria, respondem:

1: — Tônia.

2: — Sônia.

Miguel aproveita a pausa e diz:

— Por favor, minhas senhoras, isso aqui é sério, tá? Eu trabalho para a prefeitura, entenderam? Pode ser que tenha um circo na cidade, mas não é lá que eu trabalho!

1: — Você ouviu, mana?

2: — Ouvi, claro. Ele trabalha no circo.

Miguel exclama:

— Não! Na prefeitura!

1: — No circo da prefeitura!

2: — A prefeitura tem um circo?

1: — A prefeitura é um circo!

Miguel suspira e diz:

— Por que foi que eu inventei de falar de circo, meu Deus?

1: — Porque nós adoramos circo.

2: — Circo nós adoramos. Aliás, é nossa profissão!

— Até que enfim, uma informação que presta — comemora Miguel, fingindo escrever no livro. — Tônia e Sônia, artistas de circo.

1: (para 2:) — Você é artista de circo?

2: (para 1:) — Artista de circo, você?

— Mas a senhora não disse: "é nossa profissão!"? — pergunta o menino em pânico.

2: — Eu disse?

1: — Não, não disse.

— Disse sim — rebate o menino. — Disse: "Nós adoramos circo. Aliás, é nossa profissão".

2: — Tadinho! Todo confuso! — e sorri, com pena.

1: — Nossa profissão é adorar!

2: — Isso mesmo, adorar é nossa profissão.

— Ai, meu Deus! E que profissão é essa? — Miguel se desespera.

1 e 2: — Que profissão?

— A sua profissão! — diz o menino.

1 e 2: — A sua profissão?

— Pesquisador... Eu preciso entregar uma encomen... — começa Miguel, mas de repente percebe o jogo: — Ei, vocês é que deviam responder.

1 e 2: — Tsk, tsk! Tão jovem e já tão desorientado. Depois vêm dizer que nós, gêmeas, é que nos confundimos.

— Mas vocês não disseram que não eram gêmeas?

1 e 2: — Claro.

— Claro o quê? São ou não são?

1 e 2: — Sim.

— Sim o quê, pelo amor de Deus?

1 e 2: — Somos gêmeas.

1: — Meu nome é Zelda.

2: — Zilda é meu nome.

— Vão começar tudo de novo? Acham que eu por acaso estou aqui para brincar desse joguinho ridículo? Eu tenho cara de palhaço?

1: — O senhor trabalha no circo, então?

— Não! Prefeitura!

2: — A prefeitura tem um circo?

1: — A prefeitura é um circo?

Miguel respira fundo. Depois, guarda o lápis no bolso, fecha o livro e diz:

— Olha, vamos fazer o seguinte: eu faço de conta que nunca vi as senhoras e as senhoras fazem de conta que nunca me viram. Está bem assim?

1: — Para mim está bem. Bem está para você, Amália?

2: — Para mim bem está. Está bem para você, Amélia?

1: — Que bom. E para você, está bem também?

2: — Está bem também.

1: — Então amém.

2: — Então vamos?

1: — Vamos.

1 e 2: — Com licença, moço. Nós já vamos.

1: — É isso mesmo, já vamos. Eu preciso levar um doce para a minha mãe.

2: — É, eu preciso levar um doce para a mãe da Tânia.

1: — Quem é Tânia?

2: — Eu, é claro, quem mais?

1: — Então você vai levar doce para minha mãe?

2: — Claro que sim!

Miguel aproveita então para perguntar:

— Por acaso seria de abóbora?

1: — Não, minha mãe é de carne e osso mesmo.

— Estou perguntando se o doce que vocês vão levar é doce de abóbora — explica Miguel.

2: — Sim, minha mãe adora!

1: — Sim, minha mãe, a Dora.

2: — A Dora é sua mãe?

1: — Não, é a tua, Dora!

2: — Atua?

1: — Atua no circo.

2: — Tem um circo na cidade?

Miguel então responde:

— Tem um circo, sim, senhora!

1: — Tem um circo, sim, sem hora?

2: — Por que um circo não tem hora?

— Porque não tem... ora — responde Miguel, sorrindo. — Tem hora que o circo tem, tem hora que não tem. Ora tem hora, ora não tem. Hora sim, outra hora não. Ora assim, outrora anão. E quem quer ver o circo, ora.

As duas estão surpresas. Ficam olhando uma para a outra, espantadas. Até que uma delas diz:

— Então como é que se ora?

Miguel, muito satisfeito, explica:

— Rezando é que se ora...

Elas parecem não estar gostando nem um pouco daquilo. Já pararam de sorrir há um bom tempo. Ficam em silêncio por alguns instantes, até que uma delas pergunta:

— Você trouxe nossa encomenda?

— Trouxe — responde Miguel, feliz de poder finalmente se livrar daquela tarefa. — Aqui está — e ele pega um dos vidros da caixa e estende o braço na direção das duas mulheres, para lhes entregar o doce. Mas elas, de repente, fecham a janela. No instante seguinte, a porta da casa se abre e as duas reaparecem, saindo e fechando a porta atrás delas.

— Para entregar o doce... — diz uma — ... você tem de entrar na casa... — diz a outra.

— Tudo bem, então — diz o menino. — Vamos lá? — e ele se adianta na direção delas.

Mas as duas levantam o braço com a mão bem aberta, num claro sinal de que ele não deve prosseguir.

— Como se chama o sono que mais demora a chegar? — pergunta então uma delas.

Miguel franze a testa, sem entender a pergunta.

— São enigmas, charadas, adivinhas, triques-troques, trocadilhos, calembures — explica Tomenota. — Para entrar na casa, você tem de responder, evidentemente...

— Como se chama o sono que mais demora a chegar? — repete a segunda das irmãs (*como eu sei que são irmãs? você tem razão, isso ainda não ficou muito claro...*).

Miguel pensa um pouco, pensa um pouquinho e responde:

— Sonolento.

Elas ficam irritadas, mas nem por isso desistem. E voltam ao ataque, desta vez as duas juntas:

— Qual é a ave que mais sofre neste mundo?

Miguel pensa bem mais depressa:

— Condor.

As duas se entreolham, assustadas. Uma delas volta a falar:

— O que é um gato que ri das próprias piadas?

— Um gaiato — responde Miguel no mesmo instante.

(Você acha que ele ficou esperto porque comeu doce de abóbora mágico e só agora o doce está fazendo efeito? pode ser...)

— Como fica a lata de tinta quando a tinta se acabou?

— Extinta.

— Qual o inseto que é o último que morre?

— A esperança.

— O que é um doce que ninguém quer provar?

— Um improvável.

— Como se chama a cabra malvada?

— Macabra.

— O que é uma perna muito exibida?

— Uma pernóstica.

— Qual a cidade que está sempre mais distante?

— Jerusalém.

— Quem mais sente solidão?

— O solidário.

— Qual o bicho que custa menos?

— A barata.

— Como se chama a vespa que eu vi ontem?

— Véspera.

— Como se chama a ciência do eco?

— Economia.

— Como se chama a ciência da paz?

— Paciência.

— Como se chama a ciência do éter?

— Eternidade.

— Qual a cidade mais triste?

— A infelicidade.

— Qual o parente mais sincero?
— O transparente.
— Qual o maior poema de um só verso?
— O universo.
— Qual a árvore mais fofoqueira?
— A mexeriqueira.
— Qual a maçã que abre a porta?
— A maçaneta.
— Qual a rã mais enjoada?
— A ranzinza.
— Qual a árvore mais macia?
— A macieira.
— Qual a caixa que se evapora?
— A caixa-d'água.
— Como se acha uma rima para amêndoa?
— Comendo-a.
— Em que árvore nasce a vida?
— Na videira.
— Aonde vai quem te ama?
— A Marte.
— De que cor é o peixe-elétrico?
— Rosa-choque.
— Qual é o pé que anda tão rápido que ninguém vê?
— O pé de vento.
— Quem é que não gosta de pato?
— O antipático.
— Qual o barco que o vento apaga?
— O barco a vela.

Cansadas de tanta esperteza e já sem mais nenhuma charada a propor, as duas mulheres cochicham entre si. Uma delas, em seguida, diz:

— A última agora.
— Agora a última — diz a outra.
— Manda ver — diz Miguel, muito orgulhoso.

As duas então perguntam:

— Qual o outro nome da morte?

"Puxa vida! Essa eu não sei... Vamos ver..."

Ele pensa, pensa de novo, pensa outra vez.

"Morte... morte... morte... morte... Ah! Então é isso de novo..."

— O outro nome da morte é TEMOR! — responde Miguel.

— Oh! — exclamam as duas, imensamente surpreendidas (*você também, não é? vamos lá, confesse!*).

— Parabéns, menino, felicitações, congratulações e tudo mais! — grita Tomenota, passando suas páginas na maior velocidade para mostrar sua alegria.

Miguel está mesmo muito contente. Ele se vira para as duas e pergunta:

— Posso entrar agora?

Elas se afastam da porta, abrindo a passagem para ele.

Miguel entrega o vidro de doce para uma delas. Põe o pé dentro da casa e no mesmo instante descobre que está de novo... na sala dos oito espelhos.

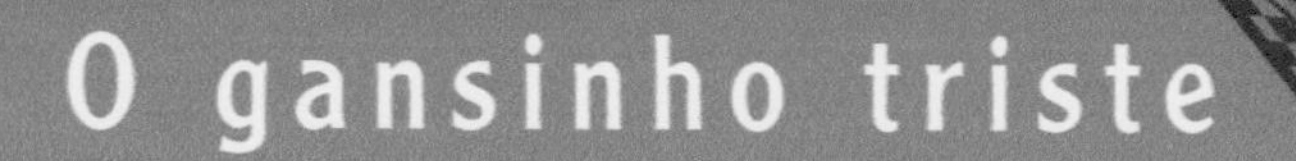

O gansinho triste

— Eu devia ter adivinhado — suspira Samuel (*que não gosta de seu nome*). — Aqui estamos nós de novo...

Ele percebe que (*evidentemente*) mais dois espelhos perderam seu brilho. Quando olha para cima, descobre que o teto agora está assim:

Mas no segundo seguinte, o desenho já mudou, e o que se vê agora é:

E logo muda de novo, e vai mudando, sem parar.

— Puxa vida! É mesmo um calidoscópio! — exclama Samuel, encantado com as formas e as cores que vão surgindo.

— Evidentemente que é! — exclama Tomenota. — Eu já tinha dito isso antes...

Somente então é que o menino descobre que Tomenota cresceu mais um pouco, está da altura um palmo acima de seu joelho e também um pouco mais largo.

— Acho melhor eu passar a andar sozinho para facilitar a nossa vida — diz o livro, pulando da caixa de madeira, esticando duas perninhas muito finas e pondo-se de pé ao lado de Samuel. O menino se admira muito com aquela transformação do livro.

— Já entreguei o primeiro vidro de doce — diz ele então. — Ainda faltam três...

— Parabéns — cumprimenta Tomenota em tom irônico. — Você faz contas muito bem...

— Para quem será dessa vez? — diz Samuel, pegando o segundo vidro e tentando ler o rótulo. Mas...

— Não tem nada escrito aqui... — exclama ele.

— Evidentemente que não.

— Mas como eu vou saber para quem entregar?

— Como você soube da outra vez? — pergunta o livro, em tom muito professoral.

— Lendo o rótulo...

— Mas onde você estava quando leu o rótulo?

— Na frente da casa das irmãs Viceversa — responde Samuel.

— Percebeu então a lógica do funcionamento da estrutura da organização do problema? — diz o livro.

— Não percebi lógica nenhuma... — responde o menino. — Do que é que você está falando?

— Estou falando do rótulo dos vidros, evidentemente... — diz o livro, impaciente.

— Eu também — diz Samuel, tão impaciente quanto.

— Já que você não deduz nem induz nem produz nem seduz nem traduz o que estou tentando explicar e explicitar, tome nota: o nome do destinatário do doce só vai aparecer quando você estiver no lugar certo da entrega...

— Essa é muito boa! — exclama o menino. — Mais adivinhações!

— Não são adivinhações — contesta o livro. — É a sua prova... E você tem de resolver tudo...

— ...antes que o tempo se esgote — completa Samuel.

— Evidentemente...

O menino, sem dizer nada, pega de novo a caixa e se dirige a um dos espelhos.

— Vamos lá? — pergunta ele, convidando o livro, que agora já anda por conta própria.

— Lá vamos, evidentemente...

E os dois, ao mesmo tempo, dão um passo na direção do vidro espelhado.

E no segundo passo (*como você já adivinhou*), estão os dois num lugar totalmente novo e diferente.

— E agora, quem será que vamos encontrar por aqui? — pergunta-se Samuel, observando o ambiente ao seu redor.

Ele e Tomenota estão de pé à beira de um lago, rodeado de juncos por todos os lados (*por que juncos? porque eu sempre sonhei em escrever uma história com um lago cercado de juncos... o que foi que você disse? ah, só falta agora aparecer um pato? pois já que você pediu...*).

De repente, ouvem um barulho estranho. *Fueeen... Fuuueenn...*

— Será alguém assoando o nariz? — pergunta Samuel, apurando o ouvido.

O barulho se repete, mais forte.

— Não sei... — diz Tomenota, prestando mais atenção. — Parece mais uma buzina rouca, uma sanfona estragada, uma anta que se engasgou ao tentar engolir uma jaca...

Lentamente, o menino caminha na direção do som. Tomenota vai atrás dele. O ronco esquisito vai se tornando mais nítido e mais próximo. Até que, à beira do lago, por trás de uma moita de juncos, eles avistam uma ave que parece estar deitada, descansando.

— Veja, Tomenota, um filhote de pato! — diz Samuel apontando para sua descoberta.

O bicho, porém, ao ouvir aquilo, se levanta e fica olhando para o menino com um ar muito assustado.

— Calma, patinho! Não precisa ter medo... — diz Samuel com o tom de voz mais gentil.

Chegando mais perto, bem devagar, para não espantar a ave, o menino percebe que ela está muito triste.

— Coitadinho dele, Tomenota — diz Samuel. — Parece que andou chorando...

O menino se aproxima ainda mais, estica o braço e começa a alisar bem de leve a cabecinha do bicho.

— O que é que você tem? — pergunta Samuel. — Será que a gente pode te ajudar?

E, para sua surpresa, a ave responde:

— Só se vocês souberem o que é um advérsio desidradante apologético tridentino...

— O quê? — pergunta o menino, já refeito do susto.

— Nada... — suspira a pequena ave. — Deixa pra lá... — e começa de novo a chorar, fazendo o barulho estranho, a buzina rouca que eles ouviram antes.

— Não fica triste assim não, patinho... — diz Samuel, tentando consolar o bicho.

— Eu não sou pato, sou um filhote de ganso... — explica a ave, entre uma buzinada e outra (*eu decidi que é um ganso, tudo bem? se você prefere pato, eu te empresto o meu exemplar de* O Patinho Feio *para você ler...*).

— Ah, desculpe... eu não sabia... — diz o menino. — Sinto muito se te ofendi...

— Tudo bem, não tem importância... — diz o gansinho. — Só espero que vocês não me denunciem...

— Denunciar você? — espanta-se Samuel. — Denunciar você a quem?

— Ao meu professor — explica o chorão, limpando as lágrimas com a ponta da asa. — A essa hora, eu devia estar na escola...

"Um ganso que vai pra escola? Que engraçado! Mas por que não? Afinal, é um ganso que fala..."

— Quer dizer que você fugiu da aula? — pergunta Samuel.

— Evidentemente — responde Tomenota.

— Estou falando com ele, você dá licença? — diz o menino. E voltando-se para o ganso: — Fugiu?

— Fugi... quer dizer... eu simplesmente não fui... Saí de casa e vim direto para cá... para o meu esconderijo.

— E por que você fugiu? Qual o problema? — pergunta Samuel.

— É que hoje eu tenho um exame e não consegui decorar tudo o que o professor quer que eu saiba...

E, dizendo isso, o pequeno ganso aponta com o bico um objeto caído ao lado dele. É um livro, que Samuel recolhe.

— "Novíssima Grasnática da Língua Patavina" — o menino lê em voz alta. — "Constipada, retroativa e patológica, para uso irrestrito de todos os anatídeos e anseriformes em geral..." Puxa vida, que título comprido!

— Um livro muito importante, evidentemente! — exclama Tomenota. — Quem é o autor?

— Deixa eu ver... — Samuel abre na primeira página: — Ah, aqui está: "pelo ilustríssimo reverendíssimo magnânimo e mui aquífero professor doutor Patápio Marrequino K. Ganso, membro semivitalício da Patafísica Aquademia de Letras da Província de Anatólia".

— É o meu professor... — suspira o ganseto.

— Que coisa será *patafísica*? — pergunta Samuel, que cismou com aquela palavra (*você cismou com outras? espera um pouco, então, para ver o que te espera...*).

— A patafísica, menino, é a "ciência das soluções imaginárias" — explica Tomenota. — Foi estabelecida no século passado pelo grande marreco francês Alfredo Jarry que, como você pode imaginar pelo nome dele, era uma criatura de excelente humor. Não deve ser confundida com a pataquímica, que é mera arte culinária, nem muito menos com a peripatética, que...

— E que Anatólia será essa? — interrompe Samuel, que não tem muita paciência para as explicações quilométricas de Tomenota.

— Anatólia é o país onde vivem os anatídeos — explica o pequeno ganso.

— Anatídeos? — repete Samuel. — E que povo é esse?

— Somos nós: os patos, os gansos, os marrecos e os cisnes...

— Também chamados anseriformes — completa Tomenota.

— Isso mesmo — confirma o pequeno ganso.

— Eu imagino que a *Grasnática da Língua Patavina* é um livro usado na escola dos gansos... — arrisca Samuel.

— Não só dos gansos — diz Tomenota, enxerido como sempre. — Veja o que está escrito: "para uso irrestrito de todos os anatídeos e anseriformes em geral".

— Mas se você é um ganso e sabe falar a língua dos gansos, por que fugiu da prova? — pergunta Samuel.

— Porque não basta saber falar a patavina — responde o gansolino. — A gente tem que saber de cor um monte de coisas, uns nomes complicados, umas regras intermináveis, além de todas as exceções... enfim, a gente tem de saber *grasnática*...

— E é tão difícil assim? — pergunta o menino.

— Experimente ler o livro na página marcada — sugere o gansinho. — Depois me diga o que acha...

Samuel abre o livro na página marcada por um talo de capim e lê:

456. São os **advérsios** as, da língua patavina, mais importantes palavras. Eles podem ser **irritativos**, **compadecidos** e **desidratantes** (também chamados **anídricos**). Cada uma dessas em outras três categorias se subdivide, e estas em outras tantas, como fica fácil de ver a seguir:

ADVÉRSIOS

- **IRRITATIVOS**
  - **calvos**
    - **pândegos**: *quacre, quaderna, quando* etc.
    - **zãibros**: *quadra, quadraço, quadrante* etc.
    - **zetéticos**: *quadragésimo, quadrama, quadar* etc.
  - **esporádicos**
    - **megalômanos**: *quadril, quadriga, quadrilha* etc.
    - **toleráveis**: *qual, qualidade, qualquer* etc.
    - **introjetados**: *quamanho, quamquam, quando* etc.
  - **pesarosos**
    - **debilitativos**: *quanté, quantés, quanteu* etc.
    - **ufânicos**: *quantia, quanto, quantum* etc.
    - **entrecortados**: *quão, quáquer, quarar* etc.
- **COMPADECIDOS**
  - **sôfregos**
    - **remotos**: *côa, coação, coaco* etc.
    - **removíveis**: *coáctil, coada, coadamita* etc.
    - **inelutáveis**: *coadunar, coagir, coagmento* etc.
  - **bentos**
    - **olímpicos**: *coágulo, coanha, cóano* etc.
    - **laureados**: *coaptar, coarcto, coato* etc.
    - **levitativos**: *coatras, coaxar, coaxial* etc.
  - **conciliares**
    - **espoliados**: *aquabonense, aquaforte, aquando* etc.
    - **esfoliados**: *aquantiar, aquapuntura, aquarela* etc.
    - **trêfegos**: *aquási, aquático, aquário* etc.
- **DESIDRATANTES**
  - **súcios**
    - **suspensórios**: *pataca, patacão, patacaria* etc.
    - **irrisórios**: *patachim, patacho, pata-choca* etc.
    - **ensimesmáticos**: *patacoa, patacoada, patagão* etc.
  - **apologéticos**
    - **monofisitas**: *patamar, patamo, pataquera* etc.
    - **sinodais**: *patarata, pataréu, patarreca* etc.
    - **tridentinos**: *patear, patinhar, patejar* etc.
  - **sinforosos**
    - **hirtos**: *pátio, patim, pátina* etc.
    - **hirsutos**: *patético, paternóster, pátena* etc.
    - **hussardos**: *patologia, patoilo, patranha* etc.

Nota bene: Alguns autores mais recentes, uns deslumbrados e ociosos, sem nenhuma justificativa ptolomaica ou pré-nubente que os apoie, preferem chamar **beatos** aos tradicionais **bentos**, e incluir a estes dentro da subclasse dos **pesarosos ufânicos**, o que nos parece uma aberração sem fundamento, capaz tão somente de prejudicar o aprendizado escorreito e degustativo das regras grasnaticais.

— Santo Deus! — exclama Samuel. — E vocês têm de decorar tudo isso?

— Temos — suspira o ganso.

— Mas para que serve saber todos esses nomes? — pergunta o menino.

— Ninguém nunca me explicou — responde a ave. — Mas isso não é o pior...

— E o que é o pior? — interessa-se Tomenota.

— O pior é que tudo que a gente fala ou escreve o professor diz que está errado — explica o gansito. — A coisa que ele mais diz é: "Isso não é patavina!". Todos nós, alunos, morremos de medo de abrir o bico... E o mais estranho é que as coisas que ele diz que estão erradas são as mais usadas por todos os anatídeos que eu conheço...

— Você pode dar um exemplo? — pergunta Samuel, sentando-se na grama ao lado do infeliz anseriforme.

— Exemplo? Mais de um até... — responde o gansoleto. — Veja só: o professor insiste em dizer que *tamanho* está errado, que a única forma certa é *quamanho*... Mas eu nunca ouvi ninguém dizer isso, nem pato, nem cisne, nem marreco, muito menos ganso... Nem mesmo meu avô, que é bem velhinho, fala *quamanho*... Mas vá alguém escrever *tamanho* para ver o que acontece...

— E o que acontece? — pergunta Tomenota.

— O professor K. Ganso esbraveja e grita: "*Tamanho* é língua de tatu! Gansos com uma mínima morália dizem *quamanho*!"

— Ele parece mesmo muito bravo! — comenta Samuel.

— E quando alguém diz *pateta* em vez de *patético*? — prossegue o aluno fujão. — Ele dá tanta bicada na cabeça do infeliz que as penas voam para todo lado... Outro dia, eu me distraí e disse *coalho*. Para quê? Ele chegou bem perto do meu ouvido e grasnou, com toda a força: "*Coágulo! Coágulo! Coágulo!* É por isso que o senhor nunca será o que quer ser!"

— E o que é que você quer ser? — pergunta Samuel, morrendo de dó do bichinho.

— Eu quero ser... escritor... — responde o gansinho, abrindo o bico e buzinando novamente seu choro esganiçado. *Fueeennn... Fueeeennn... Fueeeennnnnn....*

— Puxa vida, que coisa triste! — comenta Samuel falando com Tomenota.

O pequeno ganso solta umas três ou quatro buzinadas. Depois se controla, engole o choro e retoma:

— Mas o professor diz que eu só vou poder escrever decentemente quando souber toda a grasnática!

Samuel está muito constrangido com aquela situação. Sem saber o que dizer ou fazer para ajudar, fica folheando a *Grasnática*, lendo uma coisa aqui, outra li. De repente, do meio do livro, cai uma folha de papel dobrada.

— O que será isso? — diz ele, recolhendo o papel do chão.

O ganso olha desanimado e responde:

— É o resultado do meu último exame...

— Santa gansa, que nota baixa, não é? — comenta Tomenota, espichando-se na ponta dos pés para ver melhor.

— Não tinha um comentário melhor para fazer não? — diz o menino, ralhando com o livro em voz baixa.

Desdobrando a folha, Samuel lê:

1. Estabeleça a qualificação proseomática da seguinte quadra, antes que o tempo se esgote:

"Quatro quacres quaisquer no patamar,
na Patagônia, quase patacoada,
quantificavam quém ia pagar
pela folgança, quanta patuscada"

Paturi O. Patureba, *A Patuleia Aquática*.

— Quem é esse Patureba? — pergunta Samuel.

— É o poeta mais importante da língua patavina — explica o ganso. — Pelo menos é o que dizem os professores...

— Você entende o que ele escreve? — pergunta Tomenota.

— Quase ninguém entende... Ele viveu há quatrocentos anos atrás, na Patávia, do outro lado do mundo, de onde vieram os primeiros gansos e patos que colonizaram a Anatólia...

— Por isso a língua de vocês se chama patavina, não é? — deduz o menino.

— Evidentemente — diz Tomenota.

— Muitos patos, gansos e marrecos dizem que nós devíamos chamar nossa língua de anatolina, porque ela já é muito diferente da língua falada hoje em dia na Patávia... — retoma o gansito. — De todo modo, o professor não quer que a gente entenda o poema: ele só quer que a gente qualifique as palavras...

Mas logo Samuel vê alguma coisa escrita naquela folha que faz ele se lembrar de sua própria tarefa:

— *Antes que o tempo se esgote!* — ele exclama. — A gente aqui nessa conversa toda, e eu já ia me esquecendo da encomenda.

— Que encomenda? — pergunta o ganso, curioso.

— Um vidro de doce de abóbora — responde Tomenota.

— E eu ainda nem sei para quem é dessa vez... — diz Samuel, pegando o vidro de dentro da caixa e lendo o rótulo, que começa a mostrar alguma coisa escrita.

— Que nome está escrito aí? — pergunta Tomenota.

— Ainda não sei... Ah, já terminou de aparecer: ANSERINA DE BRAGANÇA CISNEIROS — lê Samuel em voz alta.

— Oh! — exclama o gansinho.

— Por que você disse *oh*? — pergunta Tomenota.

— Porque eu sei quem é essa senhora...

— Ah, sim? E quem é ela? — quer saber Samuel.

— É a grande paixão da minha vida! A maior escritora viva da Anatólia! — explica a pequena ave, sinceramente entusiasmada.

— E você sabe aonde a gente pode encontrar essa Anserina? — pergunta Samuel.

— Ouvi dizer que ela mora no Grande Taquaral, do outro lado desse lago — diz o gansildo.

— E será que é muito longe? — pergunta Samuel, tentando avistar o outro lado.

— Não sei direito, nunca fui até lá...

— O único jeito então é ir indo... — sugere o menino.

Ele se levanta, pega a caixa de madeira e se põe a caminhar pela beira do lago. O pequeno ganso vai ao lado dele, com seu passo desajeitado. Tomenota acompanha os dois, um pouco mais atrás.

— Ela escreve bem, então? — pergunta Samuel, puxando conversa.

— Muitíssimo bem... — responde o ganso. — Quer dizer, eu pelo menos acho...

— E tem quem não ache? — se interessa Tomenota.

— Claro que tem! O meu professor, por exemplo, Patápio K. Ganso, não pode nem ouvir falar no nome dela...

— Ah, não? E por quê? — pergunta o menino.

— Ele diz que ela é uma desgraça para a língua patavina... Que escreve cometendo os erros mais descabelados... e que ela faz isso de propósito, porque ele sabe que ela recebeu a melhor educação grasnatical...

— Que tipo de erro ela comete? — pergunta Tomenota.

— Ela escreve *patinar* onde a *Grasnática* exige *patinhar*...

— Evidentemente, um erro cabeludíssimo — comenta o livro, muito metido a sabichão.

— E também usa *quanto* no lugar de *quão*... — prossegue o pequeno ganso. — Meu professor diz que esse uso é tremendamente vulgar, quase obsceno... Além disso, ela emprega palavras como *quark*, *quasar*, *quântico* e *quatérnion*, que não são palavras da língua patavina, mas da língua peruana...

— Que, evidentemente, é a língua dos perus... — conclui Tomenota.

— Isso mesmo... — confirma o gansoloto. — E o professor K. Ganso vive se queixando e dizendo que se a coisa continuar assim, essa mania de usar palavras peruanas o tempo todo, a língua patavina em breve vai deixar de existir...

— Esse seu professor me parece uma criatura um tanto histérica e apoplética, para não dizer um exagerado — comenta Tomenota.

— E o que Anserina de Bragança Cisneiros escreve? — pergunta Samuel, que gosta muito de ler.

— Romances e contos, muito populares — responde o ganso. — Os mais conhecidos são *A Chegança*, *A Elegância Esganiçada* e *A Patologia da Ganância*, que são mesmo muito bons... Mas eu pessoalmente prefiro *O Patoá* e, mais ainda, *A Vingância*...

— Não seria *A Vingança* o título exato? — sugere Tomenota.

— Não, é *A Vingância* mesmo — explica o gansoleto. — Você sabe, ela é uma autora de vanguarda, experimentalista... Ela explicou numa entrevista que na palavra *vingância* ela quis reunir *vingança* e *ânsia* ao mesmo tempo...

— E *gansa*, também... — diz Samuel.

— Evidentemente — comenta Tomenota.

O menino e o gansinho vão conversando muito animados. Samuel leva sua caixa de madeira com vidros de doce, enquanto a pequena ave carrega sua *Grasnática* debaixo da asa. O bate-papo é tão animado que o gansinho, distraído, tropeça num buraco do caminho e cai estatelado no chão. Samuel ajuda ele a se levantar.

— Você se machucou? — pergunta o menino, alisando as penas do gansoleto.

— Não, estou bem, obrigado — responde o bichinho. — Foi só um susto... não se preocupe...

Samuel recolhe o exemplar da *Grasnática*, que ficou caído no chão e, para facilitar a vida do gansinho, guarda o livro dentro da caixa dos vidros de doce. Nenhum dos dois percebe, no entanto, que alguma coisa que estava dentro do livro ficou esquecida em cima da grama. É mais uma folha de papel dobrada. Tomenota se aproxima, pensando que deve ser o exame em que o gansinho teve um resultado tão ruim. Para sua surpresa, entretanto, é algo bem diferente... O livro então, disfarçadamente, apanha aquele papel e o esconde dentro de si, apertando-o entre suas páginas.

(Não seja impaciente! guarde sua curiosidade... daqui a pouco você vai saber o que é...)

E assim caminham durante mais algum tempo, rodeando o lago e conversando, até que avistam uma casinha feita de bambus.

— Será aqui que ela mora? — pergunta Samuel, chegando mais perto e gritando: — Ó de casa!

— Pode entrar! — responde alguém lá de dentro. — A quasa é sua!

Samuel entra na casinha, que é alta só o bastante para ele ficar de pé e roçar o topo da cabeça no teto. Tomenota e o pequeno ganso vão atrás dele.

— Dona Anserina de Bragança Cisneiros? — pergunta ele, sem ver ninguém.

— Aqui atrás, no quintal... — responde a mesma voz.

Eles atravessam a casa e saem por uma outra porta, que dá numa área aberta, onde veem uma grande ave branca, acomodada num gramado muito verde, rodeada de livros, à sombra de uma grande árvore. Diante dela, uma mesinha baixa, com folhas de papel, e uma pena mergulhada num tinteiro.

— Olá, rapazes! Que bom que chegaram! Trouxeram o meu doce? — ela pergunta, sem sair do lugar.

— A senhora estava esperando? — admira-se Samuel.

— Deixe a senhora de lado e me chame de Anserina, por favor... — diz a grande gansa, muito simpática. — Sim, sim, eu estava esperando. Eu não posso viver um dia sequer sem o meu doce de abóbora... Sou quase viciada, quá-quá-quá-quá... Não é mesmo engraçado... viciada em doce de abóbora...

Samuel tira o vidro de dentro da caixa e pergunta:

— Onde deixo?

— Oh, meu guapo garoto, deixe aqui mesmo, na minha frente, e já sem a tampa, por favorzíssimo... — responde Anserina.

Samuel faz como ela pede. Deixa o vidro, já sem a tampa, sobre a mesma mesinha onde estão as folhas de papel. Ele pergunta em seguida:

— Escrevendo um livro novo?

— Oh, não! Apenas respondendo quartas! Meus leitores adoram me escrever, e eu faço questão de retribuir a simpatia!

Ela então repara no pequeno ganso tímido, escondido atrás de Tomenota.

— Oh, um gansinho! Um ganso jovem, que mimo, que meigo! Vem quá, meu fofo, para eu te ver mais de pertinho...

O gansinho avança, muito tímido, e chega perto de Anserina. Ela passa uma das asas sobre a cabeça dele e diz:

— Oh, e é tímido, que suave, que manso, que amor!

— Eu sou seu fã... — diz o ganselito com voz trêmula.

— Oh, que horror! Que palavra feia! Fã! Fã! Fã! — exclama Anserina batendo as asas. — Diga que é meu leitor, que é meu ledor, que gosta do que eu escrevo, qualquer coisa, menos que é meu fã, por favorzíssimo, sim?

E pisca os olhos dezenas de vezes, muito alegrinha, e já bicando o doce de abóbora. Em seguida, pergunta ao gansinho:

— Você tem um ar muito inteligente, meu fofinho!

— Muito obrigado... — agradece ele, um tanto envergonhado.

— Você por aquaso não gostaria de ser meu assistente? Estou precisando tanto de alguém assim, jovem, disposto e sabido, para me ajudar...

O gansinho arregala os olhos.

— De verdade?

— De verdadíssima! — grasna Anserina.

— Então... eu aceito... eu quero... eu vou... — gagueja ele.

— Oh que delicitude! — exclama a gansa. — Vem quá, então, me dá um beijo, dois abraços e estamos conversados...

O gansinho obedece. Ela enrola seu pescoço no dele, com muita agilidade (*não sei por quê, mas imagino que isso deve ser um gesto carinhoso entre os gansos...*).

— Agora, comece já a devorar esse doce de abóbora! Só pode viver nesta quasa quem gostar muito desse doce!

O gansinho, muito contente, enfia o bico no vidro e tira ele de lá, todo lambuzado de doce.

Samuel acha muito divertido aquilo tudo e fica feliz por ter podido ajudar o gansinho a encontrar alguém que pode compreender o que ele sente.

De repente, do lado de fora da casa, ouve-se uma confusão de vozes. Anserina, muito excitada, exclama:

— Oh, devem ser meus outros convidados! Que glória, que glória, que glória! — e gritando alto, para quem quiser ouvir: — Podem entrar! A quasa está aberta! Estou aqui, no quintal!

As vozes vão se aproximando, sempre em grande discussão. De repente, aparecem no quintal um corvo muito preto, uma coruja muito branca e um bicho esquisitíssimo, que Samuel não consegue identificar na hora. Parece um castor achatado, tem pelos, mas também tem um bico igual ao de um pato...

— Oh, meus queridos, queridinhos, queridíssimos amigos! — exclama Anserina, batendo as asas como se estivesse pronta para voar. — Que bom que chegaram! Aquabo de receber meu doce de abóbora! Venham logo comer!

Ao ouvir isso, os três recém-chegados se dirigem até o pote de doce e começam a se servir. Só depois de comer é que um deles, o corvo, pergunta à dona da casa:

— E quem são esses outros convidados?

— Excelente questão, amigo corvo! — diz a gansa. E dirigindo-se ao menino, ao livro e ao gansinho: — Como é mesmo o nome de vocês?

— Eu me chamo Samuel.

— Meu nome é Tomenota.

— E eu me chamo Quândido Gansalves — diz o filhote de ganso (*só agora é que eu percebi que ainda não tinha inventado um nome para ele, pobrezinho...*).

— Muito prazer — diz a coruja —, eu sou Minerva.

— Meu nome é Edgar — diz o corvo.

— E eu me chamo Adelaide — completa o terceiro bicho.

Samuel, muito curioso, não consegue deixar de perguntar:

— E que tipo de animal é você?

Adelaide não parece surpresa:

— Sou um ornitorrinco — diz ela. — Um ornitorrinco fêmea, mais precisamente. Nunca ouviu falar de minha pequena família, os Monotremados?

— Já ouvi, sim — diz Samuel (*mas eu acho que ele está só mentindo para ser delicado*).

— São os mamíferos que põem ovos — diz Tomenota, para ajudar seu amigo. — Um caso excepcionalíssimo no reino animal...

— Precisamente — confirma a ornitorrinca, que tem uma voz fanhosa como a de um pato.

— Os ornitorrincos são os maiores amigos dos anatídeos — explica Anserina. — Aliás, são considerados "anatídeos honorários", graças a seu lindo bico de pato e seus ovos maravilhosos!

— Você por acaso nasceu na Austrália? — pergunta Samuel, com a lembrança em alguma coisa que já leu.

— Não por acaso — responde a ornitorrinca, sorrindo. — É só lá que nós vivemos... Estou aqui, na Anatólia, de férias, passeando...

— Passeando e brigando! — exclama o corvo, em tom meio irritado.

— Brigando! Por quê? — quer saber Anserina.

— Oh, Anserina, querida, nem queira saber... — suspira a coruja Minerva. — Estamos discutindo há horas...

— E qual o motivo da discussão, afinal? — insiste a gansa, já impaciente.

— Poesia... — responde Adelaide.

— Como assim, poesia? — interessa-se Anserina.

— Estamos preparando o próximo número de nossa revista literária, *Vozes dos Animais* — explica o corvo, que parece ser uma criatura extremamente mal-humorada. — Já está tudo pronto, mas a última página, que é sempre ocupada por uma poesia, ainda está vaga...

— Não recebemos, este mês, nenhuma colaboração que prestasse... — suspira Minerva.

— Eu sugeri que publicássemos algum poema de autor consagrado, um clássico... — explica a ornitorrinca.

— E eu concordei com Adelaide — diz a coruja.

— Só que essas duas cabeças-duras se esquecem o tempo todo que o nome da seção da revista é "Revelações poéticas"! Há muitos anos só publicamos poemas inéditos! — queixa-se o corvo. — Oh, fêmeas!

— Edgar, eu suplico! — intervém a gansa. — Nada desse machismo pré-histórico na minha quasa!

O corvo solta um *crooooc* horrível, e ninguém interpreta aquilo exatamente como um pedido de desculpas.

Enquanto a gansa e seus convidados discutem, Tomenota percebe o interesse do pequeno Quândido, que presta muita atenção no que eles dizem, como se quisesse fazer algum comentário a respeito do assunto, mas sem coragem para interferir na conversa de animais tão importantes no mundo literário.

Tomenota então diz:

— Se as senhoras e o senhor me permitem um aparte...

Minerva, Edgar, Adelaide e Anserina param de falar. O livro retoma:

— Já que estamos falando de poesia, eu gostaria muito de saber a opinião das senhoras e do senhor a respeito de algo que li recentemente...

— Será um prazer! — exclama a gansa. — Estou sempre disposta a encontrar novos talentos literários...

— Sem dúvida, sem dúvida, sem dúvida... — diz a coruja, igualmente simpática.

— Espero que seja algo que preste — grunhe o corvo.

— Oh, Edgar, tenha um pouco de boa vontade... — protesta a ornitorrinca. — Por favor, senhor livro, pode ler.

"O que será que ele está inventando agora?", pensa o menino, sem entender qual é a do livro.

Tomenota então limpa a garganta (*não me pergunte como*) e diz:

— O poema se chama "O castelo de areia"...

Ao ouvir aquilo, Quândido fica pálido, em pânico, espantado e pronto para desmaiar. Fingindo que não percebe a reação do gansinho, Tomenota começa a declamar:

— Sentado à beira da praia
num domingo de verão
vejo a onda que desmaia,
sua espuma que se espraia
antes que eu lhe ponha a mão.

Com meu baldinho amarelo
já começo o meu trabalho:
vou erguer lindo castelo,
sem tijolo e sem martelo,
sem cimento e sem cascalho.

Cá estão os seus salões
onde bem receberei
a visita dos barões
e outros quantos figurões
que me tratam como rei.

Duas torres faço agora,
uma ao norte e outra ao sul:
nelas abro sem demora
janelas pra ver lá fora
o mar verde e o céu azul.

Chegou a vez de escavar
um fosso para a defesa:
nele há de se afogar
todo aquele que atacar
minha nobre fortaleza.

Vou encher de tubarões
este fosso bem profundo:
jacarés, escorpiões,
serpentes, polvos, dragões
e outros monstros que há no mundo.

Mas nem tudo é só perigo
no castelo deste rei:
a quem for leal e amigo
e viver em paz comigo
alegrias só darei.

Darei festas, festivais,
organizarei mil jogos,
cirandas e carnavais,
o frevo ao som dos metais,
e encherei o céu de fogos.

Viver não quero, porém,
neste castelo sozinho:
preciso encontrar alguém
que me queira sempre bem,
que me dê o seu carinho.

Amarei uma princesa
de mãos finas, branca pele,
com olhos de azul-turquesa,
com doce voz irlandesa,
Ana Lívia Plurabele.

Viveremos sempre assim,
asa em asa, a passear
por nosso rico jardim
cheio de rosa e jasmim
onde as aves vêm pousar.

O mar, porém, não descansa:
já chegou a maré-cheia,
e enquanto sonho ela avança,
dissolve minha esperança,
meu castelo só de areia.

Já não tenho mais coroa,
já não sou rei de ninguém...
Minha amada, o mar roubou-a,
pra muito longe levou-a,
mar adentro e mar além...

Não fui rei nem por um dia,
poucas horas mal durou
meu reino de fantasia,
império de poesia
que do meu amor brotou...

Fui soberano adorado
no palácio que compus,
fui príncipe apaixonado
que governou seu Estado
construído de água e luz...

Contra o mar não há poder:
tem milhões de dedos ágeis!
Como o ouso combater
se só tenho a me valer
minhas duas mãos tão frágeis?

Mas vencer-me não é fácil,
amanhã volto outra vez:
vou sonhar novo palácio
e com minhas mãos refaço
o que o mar sem dó desfez!

Quando ele termina de declamar, Anserina e Minerva estão visivelmente emocionadas. A coruja até limpa umas lágrimas que lhe pingam dos grandes olhos. Adelaide está de bico aberto, muito surpresa. A gansa, com voz embargada, quer saber:

— Senhor Tomenota, eu insisto, por favor, diga-me o nome do autor desses versos tão simples, mas tão maviosos, tão deslumbrantes...

— Sim, sim, sim — pede Adelaide —, revele para nós como se chama esse poeta tão sensível, esse compositor de pura música...

— É mesmo interessante — comenta o corvo (*imagino que isso para ele é um elogio dos mais derramados!*).

Tomenota então dá alguns passos e se põe ao lado do pequeno ganso, que está mais duro que uma pedra, paralisado como se fosse um bloco de gelo no meio do inverno, no coração do Polo Sul!

— O nome deste poeta é Quândido Gansalves! — revela então o livro, em tom solene.

O espanto é tamanho que ninguém diz nada por alguns instantes. Samuel, Minerva, Edgar, Adelaide e Anserina olham para o gansinho, que não sabe se aquilo é um sonho bom ou um terrível pesadelo...

Tomenota revela como encontrou o poema (*agora você entende por que eu não quis dizer o que era a folha de papel que ele escondeu quando a* Grasnática *caiu no chão, não é?*).

— Foi você mesmo que escreveu? — pergunta Samuel ao gansinho.

— Ssssiiiimmm... — responde Quândido com voz fraquinha.

— Oh, meu querido! Oh, meu queridinho! Oh, meu queridinhíssimo! — exclama Anserina, caminhando até o gansinho e abraçando ele com suas grandes asas.

— E ele disse que *queria* ser escritor... — diz Samuel, sorrindo.

— Mas ele não tem nada para querer — intervém Minerva. — Ele já *é* um escritor! Aliás, eu exijo que este poema seja publicado na nossa revista! Não podemos deixar escapar essa oportunidade maravilhosa de revelar um novo poeta ao mundo!

Os outros bichos concordam.

— Então, está decidido — diz Adelaide. — Nossa próxima revelação poética já tem nome e sobrenome!

— *Croooooooc!* — faz o corvo (*acho que agora ele está realmente entusiasmado!*).

— *Urrurru! Urrurru! Urrurru!* — pia a coruja.

Quândido está tão emocionado que não sabe o que dizer. Suas penas todas tremem... Com um grande nó na garganta, ele só consegue virar-se para Tomenota e dizer:

— Ob-br-rig-gado...

— Por isso não seja — diz o livro, em tom muito brincalhão. Mas, voltando-se para Samuel, agora sério: — Menino, tudo isso está muito lindo e emocionante, mas nós temos de ir embora... antes que o tempo se esgote...

Samuel lamenta muito:

— Que pena! Estava gostando tanto daqui...

— Oh, fiquem mais, por favorzíssimo! — pede Anserina.

— Não posso, tenho ainda de entregar outros vidros de doce de abóbora — explica o menino.

— Oh! É mesmo? Que pena! Eu esperava que você ficasse mais! De todo modo, agradeço muito por ter trazido o doce e também meu novo colega de letras!

— Eu é que agradeço por nos terem revelado esse novo talento — diz Minerva.

— *Croooc!* — grita o corvo (*agora eu realmente não sei o que ele está querendo dizer...*).

— E por onde é que eu saio? — pergunta Samuel, que não quer se enganar de novo.

— Oh! Que pergunta mais engraçada! — exclama Anserina. — Saia por onde entrou, é claro!

— Eu acompanho vocês até a porta — diz Quândido, já muito íntimo da casa.

Samuel se despede então da gansa e dos outros bichos, pega sua caixa de madeira. Ele e Tomenota atravessam a casinha de bambu. Diante da porta, se despedem do pequeno ganso, que mais uma vez agradece por tudo.

E, ao passar pela porta, em vez de encontrar o lago, eles se veem, mais uma vez, na sala dos oito espelhos.

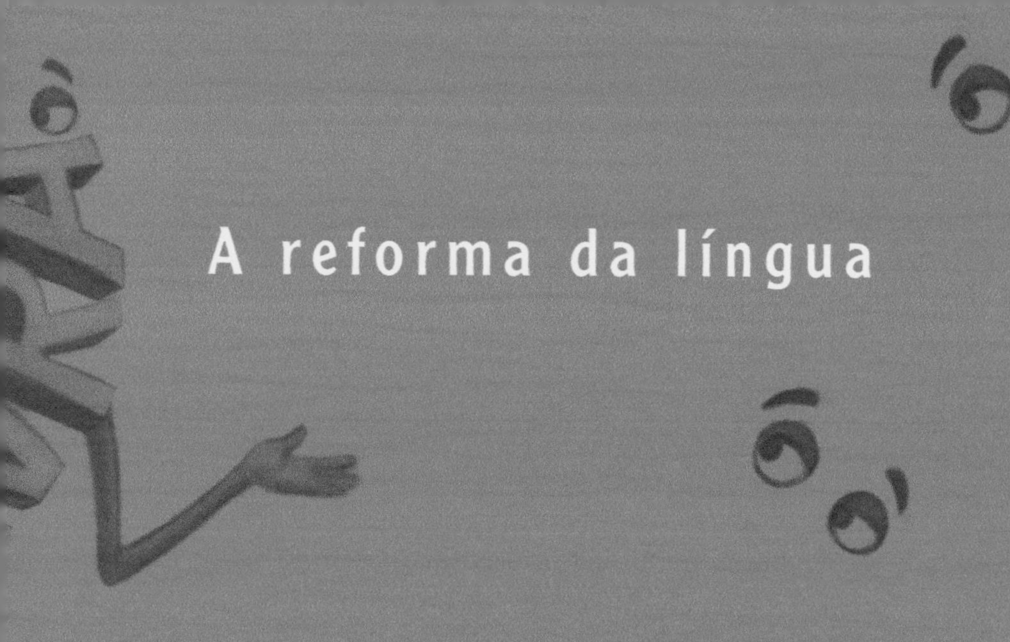

A reforma da língua

— Não é possível! — exclama Ismael (*que não gosta de seu nome*). — Aqui de novo? Por mais que eu ande, por mais que eu faça, toda vez tenho de voltar para esse calidoscópio?

— Que calidoscópio? — pergunta Tomenota, que agora cresceu mais um pouco e está quase chegando na cintura do menino.

— Esse aqui! — responde Ismael, abrindo os braços para mostrar tudo à sua volta. — Não foi você mesmo que disse, da outra vez, que isso aqui não era uma caixa, era um calidoscópio?

— Evidentemente que eu disse — responde o livro. — Mas você também disse: *da outra vez*... Eu já te avisei para prestar mais atenção nas coisas que são e que parecem que são...

É só aí que Ismael percebe que alguma coisa mudou na sala que ele já conhece.

— Ei, olha só! — diz ele, apontando para o piso. — O chão está diferente agora!

De fato, onde antes havia uma espiral, o que ele vê agora é um desenho assim:

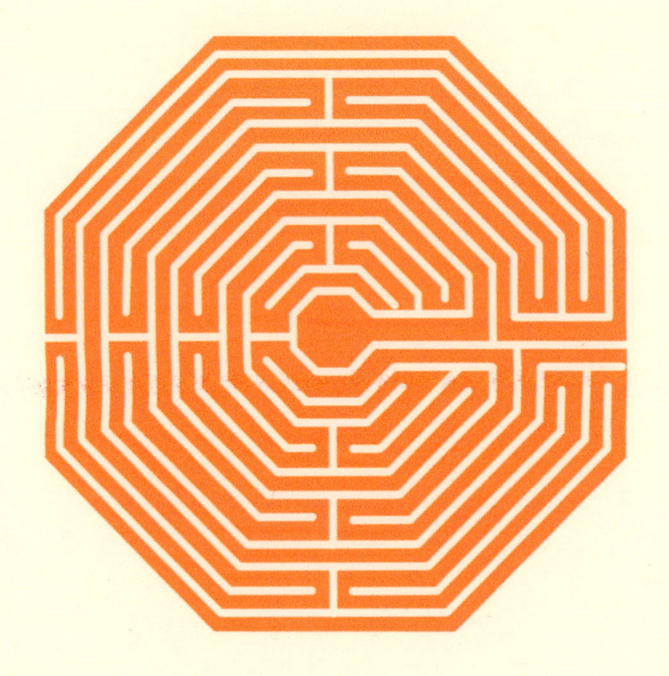

— Que coisa mais maluca é essa agora? Que desenho é esse? — pergunta ele.

— É um labirinto, evidentemente — responde o livro.

Ismael observa melhor o desenho.

— É verdade... Quer dizer então que agora eu estou num labirinto?

— Agora? Você está num labirinto desde que começou a andar por aqui — responde o livro. — Vai dizer que só agora notou?

— Bem... — começa o menino.

— Nem bem nem também nem porém — interrompe Tomenota. — É um labirinto, uma encruzilhada de caminhos, uma confusão de rotas, um entrelaçamento ilógico de trilhas...

— Então a saída que eu preciso encontrar é a saída de um labirinto? — pergunta Ismael, confuso.

— Evidentemente — responde Tomenota. — Antes que o tempo se esgote.

— E eu ainda tenho muito tempo? — pergunta Ismael.

— Tempo tem — responde o livro.

— Como é que você sabe? — duvida o menino. — Você não tem relógio, nem ampulheta, nem nada assim, para medir o tempo...

— Mas eu tenho a mim mesmo — responde o livro, num tom misterioso.

— E o que quer dizer isso agora?

— Que eu vou sentindo o tempo passar em mim... Não percebeu que eu estou crescendo pouco a pouco?

— Então... quando você parar de crescer é porque o tempo vai ter se esgotado? — pergunta Ismael.

— Evidentemente... — responde Tomenota. — Você tem uma prova, lembra? Já cumpriu metade dela...

— Você está falando dos vidros de doce?

— Evidentemente...

— Então eu vou poder sair daqui depois que entregar os outros dois vidros que sobram?

— Não exatamente... — responde o livro. — Depois que entregar os dois vidros que falta entregar, você vai poder procurar a saída do labirinto.

Ismael está meio confuso. Pensa um pouco. E diz:

— É por isso que eu sempre volto para cá... Porque ainda não sei onde está a saída... É assim nos labirintos; por isso eles são tão terríveis: a gente anda, anda, anda, e acaba chegando de volta no mesmo lugar...

— Parabéns, felicitações, congratulações, passar bem, beijos e abraços — diz o livro, em tom irônico.

Ismael olha para cima e vê o espelho do teto refletindo sua imagem, desta vez de cabeça para baixo, de pé em cima do desenho do labirinto.

— Já que é para continuar buscando a saída, vamos lá... — diz ele, resignado, pegando a caixa de madeira, que agora tem só dois vidros.

Olhando as paredes, ele percebe que, naturalmente, só restam quatro espelhos, já que os outros quatro se tornaram *ex-pelhos*.

— Você me acompanha, Tomenota? — pergunta ele.

— E eu tenho escolha? — diz o livro, pondo-se ao lado do menino na frente de um espelho.

Ismael avança um passo, Tomenota faz o mesmo.

E aonde é que vão parar agora?

Estão na frente de um grande arco e, debaixo dele, um grande portão aberto. Para os dois lados se estende uma longa muralha, mais alta que dez homens altos e tão comprida que não cabe nas vistas.

— Parece a entrada de uma cidade — comenta Ismael.

— Parece e é, evidentemente — diz Tomenota.

O que mais chama a atenção do menino é a grande placa dourada presa no arco.

— É engraçada essa placa ali no alto, você não acha? — pergunta ele.

— Engraçada? Por que engraçada? Eu acho mesmo é muito esquisita...

— Esquisita?

— Claro! Ali deveria estar escrito o nome da cidade, como é normal...

— Vai ver que a placa é tão nova que não tiveram tempo de escrever — sugere o menino.

— Nova? — repete Tomenota. — Nada disso, menino. Repare nos pontos de ferrugem em torno dela. Veja também como esse portão é antigo, todo marcado pelo tempo. E essa muralha... deve ter pelo menos mil anos...

Ismael se convence de que seu companheiro tem razão.

— Vamos entrar? — propõe ele.

— Vamos, afinal é para isso que estamos aqui — responde Tomenota, que está agora da altura das pernas do menino.

Eles atravessam o grande arco e se veem, realmente, diante de uma cidade movimentada, com pessoas, cavalos, carroças circulando para todos os lados pelas ruas e vielas. (*Claro que, tendo uma muralha desse tipo, só pode ser uma cidade daquelas que a gente vê em filmes históricos ou em livros de aventuras, uma cidade medieval...*)

Ismael e Tomenota caminham pelas calçadas e uma coisa logo deixa o menino muito espantado.

— Ninguém aqui diz nada! — comenta ele. — Tem tantas pessoas por todos os lados, mas a gente não ouve uma só palavrinha, uma única voz humana...

— E isso não é tudo — diz o livro por sua vez. — Repare que nas lojas e nos grandes edifícios todas as placas, tabuletas e letreiros estão em branco...

— Puxa vida, é mesmo!

Caminham mais e chegam numa grande praça redonda. De repente, ao lado deles passa uma mocinha mais ou menos da idade de Ismael, carregando uma cesta com frutas. Ismael segura ela pelo braço e começa a lhe dizer:

— Por favor, você podia...

Mas a mocinha, em pânico, tapa a boca do menino com uma das mãos. Depois, ergue um dedo na frente de sua própria boca, como a gente costuma fazer para pedir a alguém que se cale. Olha para todos os lados, com um ar visivelmente aterrorizado, e em seguida retoma seu caminho, muito apressada.

— Que coisa mais estranha! — diz Ismael.

— Estranha e estranhíssima, para não dizer bizarra, trizarra e quadrizarra... — concorda Tomenota.

— Parece que as pessoas aqui têm medo de falar — supõe o menino. — Ou então, vai ver que não podem falar, é proibido...

— Mas isso é um completo absurdo, um abmudo, um abcego! — exclama o livro, indignado. — Ninguém tem o direito nem o torto de proibir, coibir e inibir a liberdade de expressão! Vamos fazer um protesto agora mesmo, já, já, já...

E sem dizer mais nada, Tomenota se põe a caminhar com passadas muito firmes e decididas. Ismael vai atrás dele. O livro se dirige ao centro da praça. Quando chega lá, sobe num banco de pedra, enrola uma de suas páginas centrais para fazer um megafone e começa a gritar, com a voz mais alta que consegue:

— Cidadãos e cidadoas!

Mas todas as pessoas ali em volta, como se tivessem visto um tiranossauro de dezoito metros de altura, o que equivale a um prédio de não-sei-quantos--agora andares, ou escutado a explosão de uma bomba atômica de trezentos megatons, saem correndo em todas as direções, tropeçando umas nas outras, empurrando-se como loucas, mas sem soltar um único pio... Algumas entram em casas e lojas e se trancam lá dentro. Outras simplesmente desaparecem como que por encanto.

— As pessoas aqui não têm medo só de falar — conclui Tomenota. — Elas também têm medo de ouvir.

Eles ficam sozinhos no meio da praça, absolutamente deserta. Mas essa solidão não dura muito tempo. Em poucos instantes, eles começam a ouvir os passos ritmados de um pelotão de soldados. E logo, na esquina de uma das ruas mais largas que desembocam naquela praça, surge um grupo de homens em fila muito bem-composta, de uniforme azul e capacete dourado com penacho vermelho, botas muito pretas e reluzentes, espada na cintura. À frente deles, que estão a pé, vem um montado num cavalo muito preto e elegante. No final da tropa, outro cavalo preto puxa uma carroça estranha, com formato de grande jaula de metal esverdeado, uma grande jaula... vazia...

— O que estará acontecendo? — pergunta Ismael, meio assustado.

— Das duas, uma, meu caro rapaz — responde Tomenota. — Ou vieram nos fazer uma recepção oficial, o que realmente seria muito digno de uma pessoa como você e de um livro como eu, ou vieram... nos prender...

— Ou nos fuzilar aqui mesmo... — diz o menino, observando que alguns dos soldados, além da espada, também têm armas de fogo presas à cintura.

— Vamos ter de esperar para ver — diz o livro. — Afinal, somos perfeitamente inocentes, não há razão para temer o que quer que seja, muito menos para fugir, o que, diga-se de passagem, seria inútil, ou pelo menos impossível, o que nesse contexto específico e preciso quer dizer a mesma coisa...

— Psiu... — diz Ismael, ao ver que a tropa está fazendo um movimento diferente agora.

É que, enquanto eles cochichavam entre si, a tropa começou a marchar sobre a praça. O soldado a cavalo ficou na rua, ao lado da carroça. Agora ele faz um gesto para que um outro abra a portinhola da jaula. À medida que vão pisando no chão da praça, os soldados começam a ficar parados e a se distribuir em duas filas paralelas, um olhando de frente para o outro. Até que, quando os últimos chegam onde estão Ismael e Tomenota, o que se vê é um corredor formado por homens uniformizados dos dois lados. Em seguida, o homem a cavalo se adianta, atravessa o corredor humano e se aproxima do menino e do livro. Sem dizer uma palavra, ele desembainha sua espada. Todos os outros, sem abrir a boca, fazem o mesmo e ficam com a grande lâmina brilhante apontada para o alto. É bonito ver o reflexo do sol faiscando naquele metal dourado...

O comandante então faz um sinal com a espada para Ismael e Tomenota, apontando para a jaula aberta.

— Ele quer que a gente caminhe até aquela gaiola? — pergunta Ismael.

— Evidentemente... — responde Tomenota.

— Então estamos sendo presos...

— Evidentemente...

Sem outra opção a não ser obedecer, eles começam a andar. Quando se aproximam da gaiola, os soldados que formavam o corredor já estão novamente enfileirados, um atrás do outro, montando guarda para que tudo seja feito como previsto.

Ismael e Tomenota entram na jaula-carroça. Um soldado bate a porta e tranca ela com um grande cadeado de metal escuro. Lá dentro não existe nada, e os dois são obrigados a se sentar no chão de madeira para não cair, quando o veículo começa a ser puxado pelo cavalo.

— Por que será que estamos sendo presos? — diz o menino.

— Talvez porque tenhamos falado — sugere Tomenota.

— E desde quando isso é crime?

— Parece que por aqui é... evidentemente... — suspira o livro.

A jaula segue pelas ruas da cidade, muito devagar, rangendo suas rodas grandes de madeira, cercada por soldados que vão ao lado dela, como se formassem uma escolta.

Ismael se põe de pé e agarra duas barras da gaiola, para poder apreciar o caminho. Nas calçadas não há absolutamente ninguém. Mas o menino vislumbra, por trás das janelas, algumas carinhas assustadas, escondidas por trás das cortinas ou das persianas.

Sentando-se de novo ao lado do companheiro, ele comenta:

— Tem mesmo alguma coisa estranhíssima acontecendo por aqui...

— Só nos resta agora a paciência... — diz o livro. — Se eu não tivesse crescido tanto, até que poderia tentar escapar dessa gaiola passando entre as grades... Mas agora estou muito alto e muito gordo para isso...

Depois de quase meia hora de caminhada, o cortejo para diante de um portão. Ismael observa: é mais um muro, com um arco e uma placa sem nome.

Quando atravessam a muralha, o menino percebe que estão no pátio de algum tipo de forte, fortaleza ou... prisão.

— Puxa vida... Nós realmente fomos trazidos para uma cadeia! — exclama ele.

Um soldado vem abrir a jaula. Ismael e o livro descem. Com a espada, o soldado indica uma porta. Com a outra mão, faz o mesmo sinal de silêncio feito pela mocinha na praça. Calados, então, nossos dois companheiros entram em mais um corredor, seguidos pelo soldado que abriu a jaula.

Quando se veem diante de uma grande cela gradeada, o soldado se detém, tira uma enorme chave enferrujada do bolso e abre a portinhola. Ismael e Tomenota entendem que devem entrar. Fazem isso e logo o soldado fecha de novo a cela, indo embora a seguir.

— Bem, cá estamos nós, presinhos da silva... — diz Ismael.

— Não só da silva, mas também de souza ferreira silveira monteiro de albuquerque e pinto leitão! — completa o livro.

Ismael investiga a cela. É também uma grande gaiola de aço: na frente e nos lados, tudo o que ele vê são barras de metal da grossura do seu braço, que vão do chão ao teto. Só há uma parede de tijolos, e nela uma janelinha redonda, toda gradeada, por onde entra a claridade do dia, que é de muito sol. Ismael tenta ficar na ponta do pé para ver se enxerga alguma coisa por aquela frestinha, mas não consegue.

— Pelo menos não estamos sós — diz Tomenota.

Ismael se vira e vê seu companheiro espiando para dentro da cela vizinha. O menino se aproxima.

— Tem alguém ali? Quem é? — pergunta.

— Vamos saber agora — responde o livro. — Olá! Alô! Bom dia, boa tarde, boa noite! Quem são vocês? Alguém aqui sabe falar? Alguém aqui *pode* falar? Vocês entendem o que estou dizendo? *Parlate italiano? Parlez-vous français? Does anybody here speak English? Sprechen Sie deutsche? Latine loqui?*

— Calma, amigo, não precisa gastar o seu latim... — responde alguém.

— Nem seu alemão... — diz outra voz.

— Muito menos o seu português... — uma terceira.

Ismael ouve o som de passos que se aproximam da grade onde ele e Tomenota estão apoiados. E para sua surpresa, o que vê são... palavras! Isso mesmo, palavras vivas, com pernas, braços, cabeça, olhos, nariz e boca, tudo igualzinho ao de uma pessoa. (*Mas como eu sei que são palavras? Ora, porque elas são mais ou menos assim:*)

— Vocês são... palavras? — pergunta Ismael, espantado.

— Claro que somos! — responde PÉ. — Você nunca viu palavras antes?

— Já vi, sim... — diz o menino. — Mas nunca desse modo... vivas... andando e falando... E principalmente presas numa cadeia...

A palavra PONTO suspira e diz:

— Estamos presas, de fato, todas nós...

— Todas aqui, nesta prisão? — pergunta o menino.

— Nesta e em muitas outras — responde CABEÇA.

— Afinal, as palavras são muitas, não iam caber todas aqui — explica PALAVRA.

— Ah, já entendi! — diz Tomenota.

— Entendeu o quê? — pergunta o menino.

— Por que as pessoas não podem falar na cidade...

— Você quer dizer...

— Isso mesmíssimo — completa o livro. — Com as palavras todas presas, elas ficaram mudas.

— O senhor está certo — confirma CABEÇA.

— Então deve ser por isso também que as placas, letreiros e cartazes estão em branco — arrisca Ismael.

— Evidentemente... — diz o livro.

— Que coisa mais maluca! — exclama o menino. — Onde é que já se viu?

— E por quê? Por quem? Quem mandou fazer isso? — quer saber Tomenota.

— O rei Logomáquio XIX, soberano de Polissêmia — responde PALAVRA.

— Polissêmia? — repete Ismael, em tom de pergunta.

— Sim, você não sabe que está em Loquacidade? — diz PÉ.

— Louca cidade? — pergunta o menino.

— Não, Loquacidade, a capital do reino de Polissêmia... — diz PONTO.

— Para dizer a verdade, não sabia... — responde Ismael.

— Mas por que o rei mandou fazer isso, essa barbaridade atroz? — pergunta Tomenota, enfurecido. — Eu, na qualidade de livro, me sinto profundissimamente indignado com um descalabro desse tamanho!

— Ele está querendo reformar a língua — explica PÉ.

— Reformar a língua? — repete Tomenota. — Essa é muito boa, essa é mesmo muito boa, essa é ótima... Era só o que me faltava, aliás, não me faltava mesmo nem um pouco... Reformar a língua! Quem já viu, ouviu, leu tamanha asneira, tamanha baboseira...?

— E qual o problema com a língua? — pergunta Ismael, interrompendo o discurso sem-fim de Tomenota.

— Ele disse que não vai mais tolerar que uma palavra tenha mais de um significado — responde PÉ. — Cada palavra, depois da reforma, só poderá ter um sentido, um único, preciso, inequívoco, claro, nítido e sem margens para nenhuma ambiguidade...

— E como ele pretende fazer isso? — Ismael se interessa.

— Primeiro, vai mandar prender todas as palavras — explica PONTO.

— Em seguida, vai mandar que cada uma compareça à sua presença, na sala do trono — continua CABEÇA.

— Lá, cada palavra vai ter de entregar ao rei todos os significados e sentidos que ela pode ter — diz PÉ. — Ele então vai escolher um desses sentidos e decretar oficialmente que aquela palavra só pode significar aquilo e pronto, acabou...

— Para fazer isso, ele vai escrever um novo dicionário — diz PONTO. — E só depois de terminado todo esse trabalho é que o povo vai poder voltar a falar e a escrever...

Ismael e Tomenota não acreditam no que estão ouvindo.

— Eu nunca tinha pensado nisso antes — diz o menino, em seguida. — Nunca tinha me dado conta de quantas coisas cabem numa palavra...

— E é esse o nosso grande problema, a nossa maior dor — explica a palavra PALAVRA.

— Como assim? — pergunta o menino.

— Cada palavra é um mundo interminável de sentidos — responde ela. — Cada palavra são todas as outras palavras... Cada palavra é um dicionário sem-fim... Tudo depende do uso que as pessoas fazem dela...

— Qualquer palavra pode querer dizer qualquer coisa! — exclama Tomenota.

— Será mesmo? — diz Ismael. — Então para que servem os dicionários?

— Os dicionários são retratos das palavras — explica Tomenota, muito sério. — E como todo retrato, eles também envelhecem... O retrato de uma pessoa feito há vinte anos não é igual ao que a pessoa é hoje, não é mesmo?

— É — responde o menino.

— O mesmo acontece com o dicionário — diz CABEÇA. — Mal ele fica pronto, e as palavras já mudaram...

— Algumas envelhecem e deixam de ser usadas... — diz PONTO.

— Outras perdem os sentidos antigos e passam a significar coisas novas — prossegue PÉ.

— E outras morrem para sempre, porque ninguém mais se interessa em usá-las — diz PALAVRA. — Essas sobrevivem apenas... no dicionário...

— Acho que estou entendendo... — diz Ismael. — Mas isso não quer dizer que os dicionários são inúteis, não é? Eu mesmo já usei muito os que eu tenho na minha casa.

— Claro que eles são úteis! — exclama PALAVRA. — Mas são sempre provisórios, isto é, valem por algum tempo... Além disso, não conseguem registrar todas as palavras que existem.

— Por isso, sempre tem gente fazendo e refazendo os dicionários... — completa Tomenota.

— Como o tal rei Logomáquio agora? — pergunta Ismael.

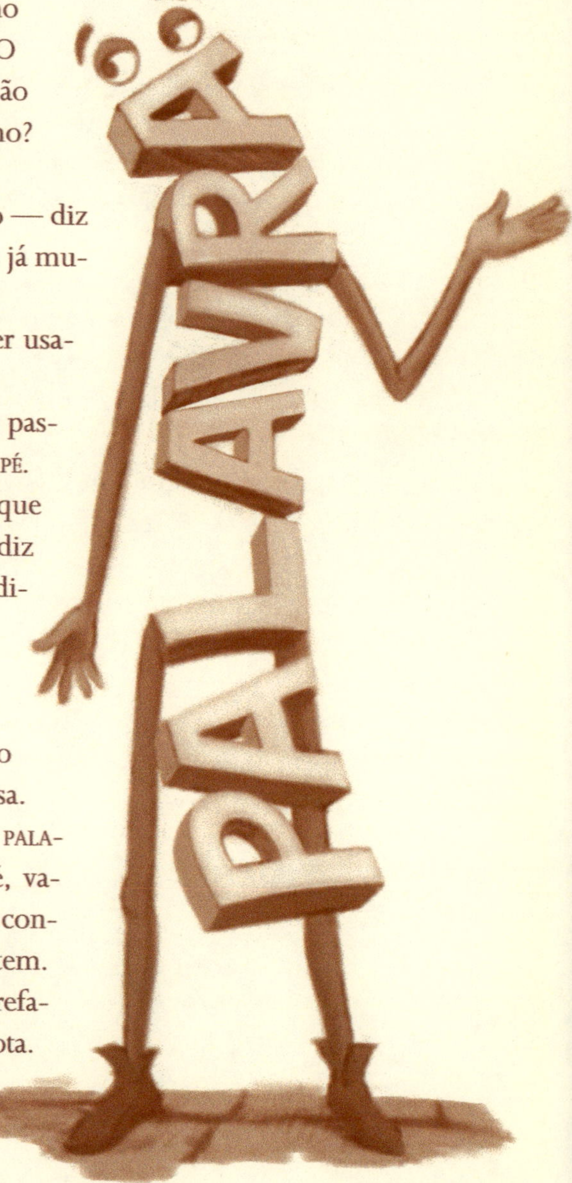

— Oh, não! — exclama PONTO. — O que ele está fazendo é muito diferente!

— Diferente e insano! — diz PALAVRA.

— Insano e descabelado! Descabelado e desgrenhado! — grita Tomenota.

— Por quê? Qual o problema? — pergunta Ismael.

— Para alguém escrever um dicionário, é preciso que exista uma língua viva, falada e escrita por muita gente... — explica PÉ. — Mas o que o rei Logomáquio quer fazer é justamente o contrário: ele quer primeiro inventar ou reinventar a língua que já existe, para que as pessoas depois passem a falar e a escrever do jeito que ele quer...

E as palavrinhas presas naquela jaula de aço dão um longo suspiro.

— Mas será que as palavras têm mesmo tantos sentidos assim? — duvida o menino. — Você, PONTO, por exemplo...

As palavras reunidas na cela (*você já sabe que são quatro:* PÉ, PONTO, CABEÇA, PALAVRA) riem muito, como se ele tivesse dito uma grande piada. Até que PÉ, recuperando o fôlego, diz:

— Você escolheu logo a palavra PONTO...

— O que tem ela? — quer saber o menino, confuso.

— Ela é uma das palavras mais ricas da língua, meu caro rapaz — responde PÉ.

— Ponto? Uma palavra rica? Nunca me disseram isso antes — comenta o menino.

— Mas não é preciso que alguém lhe diga, você sabe disso, do modo mais natural possível — responde PALAVRA. — Mas se eu lhe perguntar, aqui e agora, o que PONTO significa, que resposta você me dará?

Ismael pensa um pouco e diz:

— Bom, PONTO, para mim, é qualquer sinal bem pequenino de forma arredondada, como o que a gente pode fazer com um lápis...

— Muito bem — responde CABEÇA. — Mas será que é só isso?

O menino pensa mais um pouco. E diz:

— Tenho uma avó que é bordadeira... Ela conhece diferentes *pontos* de bordado...

— Muito bem — repete CABEÇA. — Sua avó é bordadeira e conhece muitos pontos de bordado... Mas quem faz tricô usa outros pontos... E quem faz crochê, outros pontos ainda...

Ismael então se lembra:

— Na escola, a gente chama de *ponto* o assunto que está estudando ou que vai cair na prova... Um ponto de gramática, um ponto de aritmética, um ponto de geografia...

— Bem, até aqui, temos três definições de *ponto* — diz PALAVRA. — E veja que são coisas bem diferentes umas das outras: "sinal de forma arredondada", "nós ou entrelaçamentos das linhas no bordado, no tricô ou no crochê" e "assunto específico estudado na escola".

— Mas vocês disseram que a palavra PONTO era muito rica — diz o menino. — O que mais ela pode significar?

A palavra PONTO, até agora em silêncio, começa então a falar:

— Tantas coisas, meu caro, que você se cansaria se nós déssemos a lista completa...

— Não precisa ser completa — diz Ismael, insistente. — Bastam alguns *pontos*...

As palavras riem de novo.

— Já que chegamos neste *ponto*... — diz a palavra PONTO, sorrindo. — Alguém que espera seu ônibus, achando que ele não vem, pergunta a outra pessoa, ali parada também:

— "O ônibus 19 para neste *ponto*?" — diz Ismael, rapidinho, lembrando-se do ônibus que tem de tomar todas as manhãs para ir à escola.

É a vez de outra palavra:

— A cozinheira sabida, preparando seu pudim, vai esquentando o açúcar, até exclamar, por fim:

— "A calda já está no *ponto*!" — completa o menino, que viu Ana Groma preparando o doce de abóbora.

E outra:

— O bom comedor de bife, num restaurante chegando, desdobra seu guardanapo, e ao garçom vai avisando:

— "Quero meu filé ao *ponto*" — diz Ismael, que já ouviu o pai dizer isso várias vezes.

Agora quem fala é PALAVRA:

— O funcionário, atrasado, escreve seu nome com pressa num livro grande e pesado: que tarefa estranha é essa?

— "Está assinando o *ponto*" — responde Tomenota.

E agora quem fala é PÉ:

— Menino, eu sei que você, certo dia, se feriu ao cair de bicicleta num buraco que não viu... Sua mãe, apavorada, te levou no hospital; lá chegando, a enfermeira explicou que era normal, que você estava inteiro, sem nenhum osso quebrado, mas que o joelho direito tinha de ser costurado...

Ismael emenda, rápido:

— Tive de levar cinco *pontos* no joelho...

Desta vez é CABEÇA:

— Quem ajuda, no teatro, o ator que se esqueceu das palavras mais bonitas que o dramaturgo escreveu?

— Essa eu não sei... — confessa o menino.

— É o *ponto*, é claro — diz Tomenota, sorrindo. — No teatro, meu caro rapaz, existe sempre uma pessoa que, durante as encenações, fica com o texto na mão. Se algum ator ou atriz por acaso se esquecer de alguma fala, o *ponto* sopra bem baixinho, de dentro de uma caixa enterrada no palco, as palavras que escaparam da memória...

— Muito bem explicado — cumprimenta PALAVRA.

— Agora vejo que vocês estão certas — reconhece o menino. — É mesmo impressionante quanta coisa cabe numa só palavra...

— Pense só quanta coisa cabe na palavra COISA... — sugere CABEÇA.

Ismael sorri. E depois diz:

— Mas isso não parece um problema, não é? Aliás, me parece até uma grande vantagem... Imagine se para cada um dos sentidos de *ponto* a gente tivesse uma palavra diferente... Não ia caber na memória de ninguém!

— E essa vantagem, digamos assim... econômica... não é a única — explica PALAVRA. — A grande e verdadeira vantagem é que isso permite que as pessoas, na hora de usar sua língua para falar ou escrever, possam usar as palavras de muitas maneiras diferentes, possam brincar com as palavras, fazer um uso criativo delas, como se falar ou escrever fosse um jogo...

— Como se fosse, não: *é* um jogo... — corrige Tomenota.

— Como assim? — quer saber o menino.

— Você conhece trocadilhos? — pergunta PÉ.

— Alguns... — responde Ismael.

— Só é possível fazer trocadilhos justamente porque as palavras podem ter muitos significados e sentidos diferentes... — explica PONTO.

— Se eu te perguntar em que tipo de loja posso comprar macacos, porcas e percevejos, o que você me responde? — pergunta PALAVRA.

— Numa loja de animais? — arrisca o menino.

— Ou numa loja de ferramentas? — devolve CABEÇA.

Ismael se lembra, então, das charadas que teve de resolver quando enfrentou as irmãs Viceversa.

— E não é só isso — continua PALAVRA. — A riqueza de significados das palavras é que permite que os poetas, os músicos, os escritores produzam suas obras de arte...

— Agora entendo por que é realmente uma ideia maluca essa do tal rei... — concorda Ismael.

As palavras suspiram novamente. Tomenota então diz:

— E quanto a nós? Por que será que estamos presos aqui?

— Certamente porque andaram falando pela cidade... e isso agora é proibido... — explica CABEÇA.

— Como já explicamos, as pessoas de Polissêmia só vão voltar a falar e a escrever depois que o rei Logomáquio XIX terminar seu trabalho... — diz PALAVRA.

— Se é que um trabalho como esse algum dia vai ter fim... — comenta PONTO em tom muito triste.

— E como é que eu posso falar? — essa é uma coisa que intriga Ismael. — Por que todas as pessoas estão mudas, e eu não?

— Evidentemente, porque você não é cidadão de Polissêmia — explica o livro. — As leis de cada país só valem para os habitantes nativos ou naturalizados deste mesmo referido país...

(A explicação é meio maluca, não é? mas é a melhor que encontrei até agora...)

— E o que será que vai acontecer? — volta a perguntar o menino. — Até quando eu vou ficar preso aqui?

— Até quando você tiver alguma ideia inteligente para tentar escapar — diz o livro.

Ismael pensa um pouco. Em seguida diz:

— Acho que seria interessante pedir uma audiência e tentar convencer o rei a desistir desse plano desmiolado...

— Esse é o início de um princípio de começo de uma boa ideia... — analisa Tomenota.

O menino volta a refletir.

— Eu preciso inventar uma desculpa para pedir uma audiência...

— Você não precisa inventar nada... — rebate o livro. — Afinal, para que é que anda com essa caixa de madeira na mão?

— Você está sugerindo...? — começa Ismael.

— Evidentemente... — responde Tomenota.

O menino corre a retirar um dos vidros da caixa para ler o rótulo. E (*evidentemente*) encontra escrito no rótulo o nome do rei Logomáquio XIX.

As quatro palavras, que estão ali, quietinhas, ouvindo tudo, não entendem o que os dois estão tramando. Entendem muito menos quando Ismael vai até a frente da cela e começa a chamar:

— Ei, senhor guarda! Por favor! Aqui! Ei! Ei! Ei!

— O que será que ele está fazendo? — pergunta PALAVRA às outras três.

— Não faço ideia... — responde PONTO.

— Se ficar gritando assim, acho que só vai piorar as coisas... — comenta PÉ.

Enquanto elas falam baixinho entre si, um guarda se aproxima da cela. Tão logo vê o soldado, Ismael vai dizendo:

— Por favor, preciso falar com Sua Majestade, o rei Logomáquio XIX, é urgente!

O soldado fica parado com cara de espanto. Ele leva o dedo para a frente da boca, mas Ismael não quer saber de nada disso:

— Eu não vou ficar calado! Só vou parar de falar se você me levar até o rei!

O soldado continua parado, com cara de tonto.

— Por favor — repete Ismael —, quero falar com o rei Logomáquio XIX. Eu tenho uma encomenda para entregar a ele, uma coisa muito importante, que ele está esperando faz muito tempo...

Ao ouvir aquelas palavras, o soldado arregala os olhos. Em seguida, sai caminhando a toda pressa, corredor adentro.

— Parece que deu certo! — comemora o menino.

— O que é que você está pensando em fazer? — pergunta a palavra CABEÇA.

— Vou tentar entregar um vidro de doce de abóbora ao rei — responde Ismael. — Se ele me receber, aproveito para conversar com ele sobre essa maluquice toda de reformar a língua...

O salvador do nosso povo

Parece que deu certo a ideia de Ariel (*que não gosta de seu nome*). Pouco tempo depois de feito o pedido, o mesmo soldado reaparece. Sem dizer nada (*obviamente*), ele abre a porta da cela e faz um gesto para Ariel e Tomenota saírem. O livro, novamente, ganhou mais altura e volume, e já está um palmo acima da cintura do menino.

O menino, antes de ir embora, vira-se para as palavras da cela vizinha e diz:

— Não se preocupem, palavrinhas, eu prometo que vocês logo logo vão sair daqui...

Ele fala com tanta segurança que elas acreditam.

Ariel e Tomenota vão caminhando por um comprido corredor. Em todas as celas eles podem ver as palavras presas, com carinhas muito tristes e desesperançadas.

No final do corredor tem uma porta grande. O soldado empurra ela. Ariel e o livro veem um jardim lindíssimo, repleto de todos os tipos de flores e arbustos, arranjados em canteiros muito bem cuidados. Aqui e ali, fontes e laguinhos das mais variadas formas. Depois do jardim, um enorme palácio, cheio de janelas e torres muito altas.

— Puxa vida! Um castelo de verdade! — exclama o menino.

O soldado não se importa em pedir silêncio dessa vez e continua a andar, indo na frente para indicar o caminho. Entram numa sala grande como uma saudade doída, sobem uma escadaria do mármore mais branco e reluzente, chegam num corredor largo como o amor de um coração apaixonado, descem outra escada, dessa vez de pedra escura, e caem numa outra sala, ainda maior que a primeira.

— Meu Deus, que castelo interminável! — comenta Tomenota.

Depois de muitos salões, saletas e salinhas, de muito sobe e desce escada, de corredores longos como o mais triste dos remorsos, eles finalmente se veem diante de uma grande porta toda de cristal esculpido.

— Espero que o rei esteja aí atrás... — diz o livro, já cansado de tanto andar.

O guarda abre a porta. Ariel e Tomenota se adiantam.

É mesmo a sala do trono, muito grande, muito larga, muito alta, iluminada pela luz de 88 janelas imensas, todas abertas, deixando entrar o esplendor do sol.

No extremo da sala, o trono, tão bonito, dourado e reluzente que nem vou gastar palavras para descrever.

O soldado, depois de fechar a porta atrás de si, caminha na direção do trono. Ariel e Tomenota vão atrás dele. Assim que se aproximam da magnífica cadeira, uma porta lateral se abre no fundo do salão, e por ela entra um homem muito alto e muito magro, vestindo uma longa túnica alaranjada. Ele caminha, com passos muito lentos, na direção do trono. Finalmente, senta-se.

Ariel repara que o rei (*pois quem mais iria se sentar naquele trono, não é?*) tem um ar muito cansado, um rosto abatido, que faz ele parecer muito mais velho do que realmente deve ser. Seus longos cabelos grisalhos caem pelo ombro, misturando-se com as barbas, da mesma cor e também compridas como um desejo nunca satisfeito. O menino fica um pouco decepcionado, porque sempre imaginou que um rei devia ser uma figura muito mais imponente, jovial e cheia de vida do que aquela criatura ali.

O rei Logomáquio XIX faz um gesto com a mão, chamando Ariel para mais perto do trono. O menino caminha até lá e fica diante do rei.

— Falai. Quem sois?

O menino, muito tímido, responde:

— Meu nome é Ariel.

Logomáquio arregala os olhos e diz:

— Que nome dissestes que tendes?

— A-a-ri-el... — gagueja o menino.

O rei então se levanta, ergue as mãos para o alto, volta a se sentar. Esconde o rosto entre as mãos. Soluça. Respira fundo. Levanta-se de novo. Caminha em volta do trono.

— O que estará acontecendo? — pergunta Tomenota, bem baixinho ao lado de Ariel.

— Como é que eu vou saber? — responde o menino.

De novo sentado, Logomáquio volta a falar:

— Ariel é o nome que dissestes ser o vosso?

— Sim, Majestade... — responde o menino.

— E por que me mandastes dizer a mim que a mim deveríeis uma encomenda entregar?

— Para alguém que quer reformar a língua ele fala muito complicado... — cochicha Tomenota. Mas Ariel não dá atenção àquele comentário e responde diretamente ao rei:

— Porque eu tenho mesmo que entregar uma coisa ao senhor...

O rei parece muito ansioso. Com voz trêmula, pergunta:

— E o que viria a ser o que a mim e somente a mim vos cabe entregar?

— Isto — responde Ariel, tirando um dos vidros da caixa e mostrando ao rei.

Logomáquio está realmente nervoso.

— E este vidro que a mim me exibis, de que conteúdo poderia ele ser o continente?

(Acho que Ariel entende a pergunta, porque responde:)

— Doce de abóbora...

— Oh! — exclama o rei, levantando-se novamente do trono, visivelmente excitado.

Ele caminha até Ariel, recebe de suas mãos o vidro de doce, ajoelha-se diante do menino, depois se levanta e começa a dizer:

— Então finalmente chegastes! O mensageiro da paz durante tantos séculos aguardado! Viestes, ó salvador da nossa mísera terra! Ó grande benfeitor de todos os polissêmicos! Sois vós de fato, não sois?

Ariel está muito espantado com aquela reação (*quem não estaria, não é?*). Ele, que se preparou para encontrar um rei malvado e furioso, um tirano que proibiu seu povo de falar e mandou trancar todas as palavras, se vê agora tratado como se fosse um santo milagreiro!

— O senhor pode me explicar do que está falando? — pede o menino, modestamente.

— Então sois mesmo vós! Essa vossa inocência e humildade é a prova que ainda faltava! Sois vós, vós sois! — exclama Logomáquio, que com essas palavras só faz aumentar a perplexidade do menino.

Percebendo isso, o rei tenta se controlar. Respira fundo, recupera a calma, senta-se de novo. Só então fala:

— Há 888 anos o povo de Polissêmia aguarda a vossa chegada, ó celeste menino celestial! Todas as tradições de nosso povo nos diziam que vós viríeis um dia, para nos libertar de nossa horrenda e horripilante maldição maldita...

— E que maldição é essa? — pergunta Tomenota, intrometendo-se como sempre onde não é chamado.

Achando perfeitamente natural conversar com um livro, o rei Logomáquio XIX começa a caminhar pelo grande salão, gesticulando e falando alto. Ariel e Tomenota, sem sair do lugar, vão acompanhando aquele passeio, enquanto o rei explica:

— Em algum lugar remoto e oculto do nosso amplo e vasto reino, vive um monstro horrendo e tenebroso, um dragão de duas cabeças, que prende, tortura e mata todos aqueles que ousam se aproximar de seus domínios.

— Puxa vida! — exclama o menino.

— Todos os anos, a cada primavera, centenas de bravos e valentes, intrépidos e corajosos, destemidos e impávidos cavaleiros e cavaleiras partem na ânsia e no desejo de destruir e aniquilar a bicéfala e besta-fera tremebunda...

— Tremebunda? — cochicha Ariel ao livro.

— "Apavorante, terrível, que faz tremer de medo..." — responde Tomenota, bem depressa, curioso em escutar o resto da história do rei.

— Mas nunca ninguém jamais voltou, regressou, retornou daquele misterioso e secretíssimo lugar oculto! Milhares de milhares de vidas se perderam e se dissiparam para todo o sempre, eternamente e amém... São milhares de mães e pais a chorar por seus filhos e filhas, irmãs e irmãos que pranteiam irmãos e irmãs, amantes que plangem amantes, amigos que soluçam por amigos, e assim por diante, etcétera e tal, patati e patatá, toda uma inteira população gemebunda...

O rei para diante do trono. Volta a se sentar. E diz:

— Depois de tanto aguardar e esperar, acabei perdendo a fé e desacreditando das profecias milenares... Por isso, tomei essa atitude tresloucada e desvairada de mandar prender e trancafiar todas e cada uma das palavras! Ó quão insolente eu fui! Na vã tentativa de salvar o meu povo, acabei atormentando-o

ainda mais! Ó insolente! Ó demente! Ó incrédulo! Ó infiel! Ó ímpio! Ó coração moribundo!

E o rei começa a chorar, convulsivamente. Ariel e Tomenota, constrangidos, não sabem o que fazer. Ficam calados, então, esperando que Logomáquio XIX se recomponha. O menino, é claro, está mordido de curiosidade: o que tem ele a ver, afinal de contas, com toda aquela história tremebunda de dragão de duas cabeças?

O rei chora, como se tivesse guardado aquela dor durante muitos séculos seguidos. Passado algum tempo, ele enxuga as lágrimas num lenço. Ariel aproveita para perguntar:

— E onde é que eu entro nisso tudo?

Logomáquio XIX se ergue do trono e diz:

— Vinde! Vinde comigo! Vinde comigo e vereis!

Ele começa a caminhar de volta à porta por onde entrou. Ariel segue atrás dele e Tomenota, é claro, vai junto.

Aquela porta dá numa outra sala, também muito grande e bonita. Numa das paredes está pendurado um tapete gigantescamente imenso de tão grande e enorme que ele é (*você me acha exagerado, não é? então, aqui vão as medidas exatas: oito metros de comprimento por oito metros de largura*).

O rei, parando diante dele, diz:

— Vede com vossos próprios olhos... Contemplai, apreciai, observai...

Ariel e o livro olham para o grande tapete.

— Parece uma história em quadrinhos gigante... — comenta o menino.

— Como dissestes? — pergunta o rei (*imagino que ele não tenha a mais remota noção do que seja uma história em quadrinhos!*).

— Eu disse que este tapete parece contar uma história... — explica o menino.

— E de fato conta — confirma o rei. — A vossa história!

Ariel repara que, na primeira cena, aparece uma pessoa entregando uma fruta grande e redonda a uma outra pessoa, que usa manto e coroa.

— Vistes bem? — pergunta o rei. — Este sois vós, com vossa abóbora venerabunda, e este sou eu, muito pudibundo, que devo recebê-la...

— Mas como o senhor sabe que sou eu? — pergunta o menino.

— Porque vós me dissestes o nome sagrado — responde Logomáquio. — Um nome que sempre esteve oculto aos outros seres mortais. Somente os reis têm ciência e consciência deste nome, e este segredo sempre foi transmitido secretissimamente de um rei para o seu sucessor. Assim, eu ouvi este nome dos lábios de meu pai, em seu leito de morte, pronunciado diretamente em meu ouvido esquerdo...

Na cena seguinte, bordada no tapete, Ariel vê que a figura que carregava antes a abóbora agora está ajoelhada sobre alguma coisa que parece... um tapete.

— Que coisa estranha! — comenta o menino. — O tapete parece estar parado, mas embaixo dele a gente vê árvores, rios e montanhas...

— Evidentemente, um tapete voador... — diz Tomenota, como se fosse a coisa mais óbvia do mundo.

Mais adiante, o personagem aparece armado de um grande lápis e rabisca coisas no chão. Na cena seguinte, uma grande serpente de duas cabeças está deitada, com uma coisa comprida enfiada no coração (*Ariel acha que é um lápis, mas não tem muita certeza*).

— Este tapete tem mais de oitocentos anos! — exclama o rei. — Ele conta a história de nossa salvação! Da salvação que vós viestes trazer para nosso reino!

— O senhor tem mesmo certeza que sou eu esse tal salvador? — duvida o menino.

— Certeza plena, total, completa, absoluta e peremptória! — diz Logomáquio.

— E como é que eu vou poder derrotar o tal monstro?

— Isso é convosco... — responde o rei. — Vós sois a poderosa criança pensabunda...

— Como é que é? — pergunta o menino, espantado.

— "Pensativa, reflexiva, inteligente..." — explica Tomenota.

— Ah, sim... — diz Ariel, aliviado. — E como é que eu vou chegar lá?

— Voando no tapete, evidentemente... — responde o livro.

— Evidentemente — repete o rei.

— Se esse tapete pode voar, por que então ele está aqui, grudado na parede? — pergunta Ariel, em tom de desafio.

— Porque ele só obedecerá aos comandos daquele que tiver o mapa do covil secreto da fera furibunda! — diz Logomáquio XIX.

— Então, meu caro rei, sinto muito... — diz Ariel. — Eu não sou o vosso salvador... Não tenho mapa nenhum.

— Estais mesmo certo disso? — pergunta o rei, apontando alguma coisa no tapete.

Ariel se aproxima bem da parede e observa. A figura sobre o tapete voador está olhando para a própria mão direita aberta. O menino sente o coração bater acelerado. É que, durante todo esse tempo, ele tinha se esquecido do pó dourado que ficou preso nas linhas de sua mão lá atrás, no primeiro capítulo (*eu também tinha me esquecido, por isso resolvi aproveitar esta chance...*). Ele olha para sua mão direita e vê esta figura:

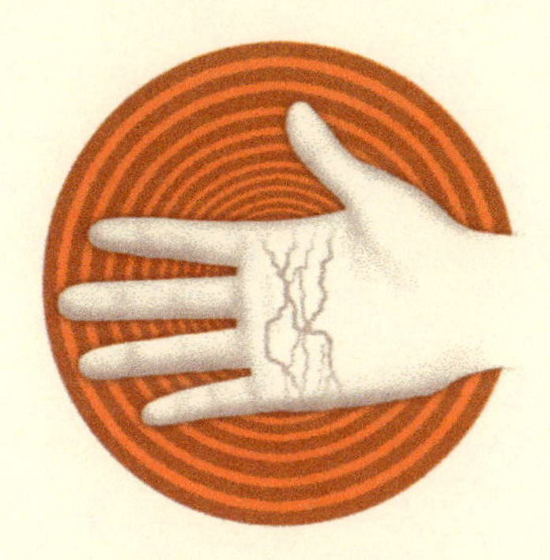

— Vê só, Tomenota! — exclama ele. — Parece mesmo um mapa!

— Mais uma comprovação inelutável de que vós sois aquele que temos esperado por tanto tempo... — diz o rei, com voz comovida.

— Mas que mapa é esse, afinal? — pergunta Ariel.

— É o mapa do nosso vasto e glorioso reino de Polissêmia — responde o rei. — Esta linha central e mais espessa, como podeis ver, é o nosso maior rio, o Loquaz. E estes são alguns de seus principais afluentes, o Verborrágico, o Logorreico, o Prolixo e o Tagarela. Este grande ponto assinalado deve ser a morada, o antro, a toca, o covil do Dragão de Duas Cabeças e nenhum coração! Assim, vós podereis chegar diretamente ao vosso soberano destino, sem ter de vagar e perambular durante meses a fio pela densa floresta de Anonímia, como fazem todos aqueles que tentam nos libertar dessa sorte tão cruel!

Ariel ainda está muito confuso com todas aquelas coincidências. Mas como tudo até agora tem sido assim, ele não tem por que duvidar de que é mesmo sua missão fazer o que o rei está dizendo.

(*Você quer saber, agora, depois desse tempo todo, por que o rei pode falar, se mandou prender todas as palavras? Ora, porque ele é o rei, evidentemente...*)

De repente, o menino se lembra de perguntar:

— E o que tem a ver essa história toda com a reforma da língua? Por que o senhor quer que as palavras tenham um único significado? De que maneira essa reforma poderia ajudar a destruir o tal dragão?

Logomáquio XIX, em tom muito sério, diz:

— Para tais indagações tereis vós mesmo de encontrar as boas e justas e sábias respostas. A mim não me cabe dizer-vos a vós o que vos espera. Lá e somente lá é que descobrireis o porquê e o propósito de toda a minha melancólica azáfama, do meu sorumbático afã, do meu compungitivo lufa-lufa meditabundo... — e, dizendo isso, o rei se afasta deles, caminha até a porta por onde entraram e some de vista.

— Fiquei na mesma... — comenta o menino para o livro.

— Para onde será que ele foi agora? — diz Tomenota.

Logomáquio XIX não demora a retornar, desta vez acompanhado de oito soldados uniformizados. Dois deles carregam uma escada de madeira muito comprida.

— Retirai o tapete da parede! — ordena ele. — Ponde-o no solo!

Os soldados obedecem. O tapete é mesmo grande. Por isso, eles têm de usar a escada para poder soltar a grande obra de tapeçaria de todos os ganchos que prendem ela na parede. Com algum esforço, o tapete é baixado ao chão, onde fica todo aberto e estendido, como um verdadeiro tapete para a gente pisar em cima.

— Retirai-vos! Ide-vos! Parti! — ordena novamente o rei, e os soldados vão embora, tão depressa quanto apareceram.

Em seguida, voltando-se para Ariel:

— Tudo agora está em vossas preciosas mãos, ó criança pudibunda! Lembrai-vos de que em vós depositamos toda a nossa esperança! Ide e fazei o que tendes a fazer, antes que o tempo se esgote...

O menino não sabe por onde começar. Tomenota vê aquela indecisão e sugere:

— Que tal você ficar em cima do tapete, de joelhos, como está desenhado?

Ariel faz isso. Caminha até o centro do tapete e se ajoelha. Tomenota deita-se horizontalmente ao lado dele (*afinal, se ficar de pé durante o voo, é capaz de ser carregado pelo vento*).

— Será que eu preciso dizer alguma palavra mágica? — diz o menino.

Mas não precisa. Porque no mesmo instante o tapete começa a vibrar, a ondular bem de leve, a se movimentar pelo piso da sala, muito lentamente, a se erguer bem devagar, a se levantar a um palmo do chão...

De pé ao lado dele, o rei Logomáquio XIX fica batendo palminhas, como uma criança de 8 anos que acaba de ganhar um presente maravilhoso, e soltando gritinhos de felicidade:

— Sois mesmo vós! Vós mesmo sois! Sois vós mesmo!

Ao se aproximar de um grande janelão aberto, o tapete se sacode, todo satisfeito, e se precipita por aquela saída, num lance tão vertiginoso que Ariel fica tonto e cai deitado para trás.

O ladrão de sonhos

Quando volta a ficar ajoelhado, o menino vê que está mesmo voando, sobrevoando o grande castelo, que vai se afastando, se afastando, até aparecer lá embaixo um grande rio...

Ezequiel (*que não gosta de seu nome*) já viajou de avião, mas aquele tapete parece estar indo mais depressa que qualquer máquina voadora jamais inventada por um ser humano...

Lá no alto, o sol brilha. Lá embaixo, o rio Loquaz reflete o azul cintilante do céu sem nuvens.

— Estou com muito medo, sabia? — diz Ezequiel, depois de um longo silêncio.

— Medo de quê? — pergunta Tomenota, sempre deitado.

— De enfrentar o tal dragão de duas cabeças... — responde o menino. — Só de pensar nisso, fico tremendo... Se ele já prendeu e matou tanta gente, por que não iria fazer o mesmo comigo?

— Porque talvez não seja um dragão de verdade — sugere o livro. — Como eu não me canso de dizer, nem tudo o que não parece deixa de ser o que não é...

— Mas o rei falou do dragão... — retoma o menino. — E aqui mesmo, neste tapete, aparece a figura de uma grande serpente de duas cabeças...

— E eu volto a dizer: tudo o que desaparece desleixa de tecer o que tem fé... — diz o livro.

— Como sempre, você ajuda muito pouco falando desse jeito complicado... — queixa-se Ezequiel.

— Nós acabamos de conhecer o rei Logomáquio XIX e você vem dizer que *eu* falo de um jeito complicabundo? — rebate Tomenota. — Era só o que me faltava!

— Então, o que você está tentando me dizer?

— Que talvez o dragão não passe de uma lagartixa minúscula, magra e sem dentes... O tempo, na mão das pessoas, pode virar uma grande lente de aumento ou uma enorme máquina de somar...

— Minha mãe costuma dizer que "quem conta um conto aumenta um ponto" — diz Ezequiel. — É isso que você está tentando me explicar?

— Evidentemente... As pessoas vão contando as histórias umas para as outras e sempre acham um jeito de acrescentar, de aumentar, de exagerar... Você conhece a história do alfaiate que matou sete moscas de uma vez?

— Conheço — diz Ezequiel. — Alguém ouviu ele gritar que tinha matado sete de uma vez... Daí, uma pessoa foi falando para a outra, e essa para outra, e essa outra para mais outra, até que chegou aos ouvidos do rei que naquela cidade tinha um homem capaz de matar sete gigantes de uma vez!

— Então, você vê só? Sete moscas viraram sete gigantes... — retoma o livro. — Agora, pense comigo, medite, calcule e reflita: depois de tantos séculos de pessoas contando esse conto, imagine quantos mil pontos elas não acrescentaram... Aposto que não passa de um mito, uma superstição, uma lenda, uma patranha, uma lorota, uma potoca, uma peta...

— Tomara que você esteja certo, então... — diz o menino, interrompendo a lista e tentando se convencer.

— Você já teve provas mais do que suficientes de que pode confiar em mim! — queixa-se o livro.

— É verdade, desculpe...

— Além disso, se você é mesmo o herói salvador de Polissêmia, se sua história futura já foi contada no passado, é porque conseguiu realizar o grande feito, a inigualável façanha, a destemida proeza...

Tomenota, enquanto fala, percebe que Ezequiel está mesmo preocupado com aquele desafio inesperado. Para distrair um pouco o menino, ele comenta:

— Acho que essa viagem ainda vai demorar bastante... Você quer que eu te conte uma história?

— Quero, sim — responde Ezequiel, que já está se cansando daquele voo monótono por cima de um rio que não acaba mais.

— Era uma vez um ladrão de sonhos — começa o livro.

— Essa é muito boa! — exclama Ezequiel. — Um ladrão de sonhos? Quem já viu?

— Quem já viu também um tapete que voa, um livro que fala e uma gansa escritora? — devolve Tomenota.

— Desculpe...

— Posso continuar?

— Por favor...

— Como eu dizia... Era uma vez um rapaz muito ambicioso. O nome dele era Euquério...

— Puxa vida, que nome feio! — interrompe o menino de novo.

— Assim não é possível! — protesta o livro.

— Desculpe...

— Promete não interromper de novo?

— Prometo...

— Bom... Euquério era mesmo um rapaz muito ambicioso. Queria porque queria ser rico, famoso e mandar em muita gente. Era também muito habilidoso com as mãos e com as ideias. Mas ele morava numa aldeia de gente simples, gente que vivia de seu trabalho honesto no campo, cuidando de suas plantações de nabos, beterrabas, berinjelas, abobrinhas, couve, alface, bertalha, chicória...

— Brócolis, quiabo, jiló, ervilha, salsinha, cebolinha, azeitona, maxixe, mandioquinha, erva-doce... — diz Ezequiel, sempre irritado com a mania daquele livro de fazer listas intermináveis.

— Isso mesmo — diz Tomenota, sem dar o braço a torcer. — Um dia, sua mãe perguntou se ele queria ir junto com ela numa cidade um pouco maior, a duas horas de viagem, comprar uma enxada nova para seu pai. Ele não tinha nada melhor para fazer. Resolveu ir. Subiram numa carrocinha puxada por um boi e lá se foram... range... range... range... até chegar na outra aldeia.

Enquanto sua mãe ia comprar o que precisava, Euquério ficou perambulando pelas ruas do lugar, onde nunca tinha estado antes. De repente, viu um pequeno grupo de homens e mulheres de pé junto à porta de uma casinha. Curioso, se aproximou e perguntou à última pessoa da fila, que era um homem muito gordo e simpático: "O que está acontecendo aqui?" E o homem respondeu: "Oh, meu jovem, então você não sabe? Aqui mora a velha senhora Onirá..."

"E o que tem isso de mais?", perguntou Euquério. "Nunca ouviu falar dela?", perguntou o homem. "Nunca." "Pois então fique sabendo que Onirá é uma mulher muito santa e muito sábia. Gente de todos os cantos do nosso país vêm até aqui para visitá-la e consultá-la." "Consultá-la? Ela é algum tipo de curandeira ou coisa assim?" "Não, rapaz. Onirá é uma intérprete de sonhos." "Ah, sim? E como é isso?" "Você conta a ela o que sonhou. Ela estuda atentamente o seu sonho e diz o que ele significa." "E daí? O que tem isso de mais?" "E daí que as interpretações de Onirá são também vaticínios!", respondeu o homem, já um pouco impaciente.

— Vati... o quê? — pergunta Ezequiel.

— "Vati... o quê?", perguntou Euquério. "Vaticínios! Profecias! Predições! Agouros! Tudo o que ela prediz acaba se tornando realidade!" — exclama Tomenota, tão impaciente quanto o homem da história que está contando. — Euquério achou muito interessante aquilo. Mas ainda tinha uma dúvida: "E vale qualquer sonho?", perguntou ele ao homem gordo. "Oh, não... É preciso que seja o sonho que a pessoa tiver na noite de seu aniversário!"

O rapaz ficou todo alegre, porque, por uma deliciosa coincidência, seu aniversário era precisamente dali a três dias. Voltou para sua aldeia com a cabeça cheia de ideias. Quem sabe ele tinha algum sonho muito fantástico, cheio de coisas boas para adivinhar? Ficou com aquilo girando, girando sem parar em seu espírito. Não disse nada a ninguém de seus planos.

Na noite de seu aniversário, porém, seus pais e amigos, como todo ano faziam, deram para ele uma grande festa, com muita comida, muito vinho e muita dança. Euquério, muito alegre com tudo aquilo, bebeu e comeu e bebeu e dançou e bebeu mais do que podia aguentar. Acabou desabando num canto da casa, onde dormiu duro e teso feito uma rocha sem vida, mas roncando alto como um porco num chiqueiro com lama até o focinho.

Quando acordou, no dia seguinte, já passava do meio-dia. Somente então é que se lembrou... O sonho! Mas que sonho? Ele tinha dormido tão profundamente, e sob o efeito de tanta comida e tanta bebida e tanta dança, que não conseguia se lembrar de nada vezes nada, nem mesmo se tinha sonhado com alguma coisa...

— Eu também quase nunca me lembro do que sonho — intervém Ezequiel. — Acho isso tão chato...

— Problema seu — diz Tomenota, ríspido. E prossegue: — Muito aborrecido, Euquério pegou a carroça de sua mãe e saiu andando pela estrada, à toa, para tentar esquecer sua imperdoável distração. Ora, quando o sol estava quase

para se pôr no outro lado do céu, ele avistou, numa curva do caminho, uma bela carruagem estacionada. Foi até lá ver o que era. Encontrou três homens muito bem-vestidos, fardados, para dizer a verdade, montados em lindos cavalos brancos.

Assim que Euquério se aproximou, um dos soldados se dirigiu a ele: "Oh, meu bom jovem! Que sorte você aparecer por aqui! Uma das rodas da carruagem de Suas Altezas Reais ficou presa num buraco da estrada e não conseguimos retirá-la de lá! Você poderia usar seu boi para nos ajudar?"

Euquério só prestou atenção nas palavras *Suas Altezas Reais*. "Quem foi mesmo que o senhor disse que está na carruagem?", perguntou ele ao soldado. "Suas Altezas Reais", respondeu o homem, "o Príncipe e a Princesa, os filhos gêmeos de nossos amados reis". Euquério, que, como já sabemos, era muito ambicioso, na mesma hora pensou que poderia conseguir alguma boa recompensa se ajudasse pessoas tão importantes.

"É claro que podem usar o meu boi", disse ele, no tom de voz mais solícito e prestativo deste mundo. "Para nossos amados príncipes, tudo o que eu puder fazer será sempre muito pouco." O homem ficou muito contente ao ouvir aquilo. Euquério desceu da carroça e desatrelou o boi. O soldado também apeou de seu cavalo e foi cuidar da operação de salvamento.

Euquério se aproximou da carruagem no exato momento em que a portinhola se abria. Um segundo soldado da escolta se colocou ao lado do veículo para ajudar o Príncipe e a Princesa a descer. Euquério, ao ver o nobre casal de jovens, tirou seu chapéu e fez uma grande e profunda reverência, quase tocando o chão pedregoso com o topo da cabeça.

A Princesa, então, muito sorridente, disse: "Aproxime-se, rapaz!" Euquério chegou mais perto. Ela era muito bonita, tinha os olhos muito pretos e brilhantes e um sorriso luminoso estampava seu rosto corado. O Príncipe, ao lado dela, apesar de ter uma fisionomia idêntica, parecia muito desanimado e abatido, seus olhos eram apagados e não havia sorriso em seus lábios.

Euquério, para puxar conversa, perguntou: "O que fazem Vossas Altezas Reais nestas paragens tão remotas e humildes do nosso amado reino?"

— Ele sabia falar bem quando era preciso, não é? — comenta Ezequiel.

— Evidentemente... — responde Tomenota, em tom seco. — A Princesa então respondeu: "Oh, estamos a caminho da nossa casa de campo, do outro lado das montanhas, para festejar o nosso aniversário!". Euquério achou divertida aquela coincidência e comentou: "É aniversário de Vossas Altezas? Pois é o meu também, coisa, aliás, que muito me honra, ter vindo ao mundo no mesmo dia que nossos amados príncipes". Sim, porque (*antes que você pergunte*) Euquério tinha ouvido dizer que o Príncipe e a Princesa tinham a mesma idade que ele, só não sabia que eram nascidos no mesmo dia.

Naquele mesmo minuto, com a ajuda do boi de Euquério, a carruagem foi retirada do buraco e posta novamente em boa posição sobre a estrada. Os soldados vieram informar que já podiam retomar a viagem. O Príncipe, então, num tom desanimado, disse a Euquério: "Como você nos ajudou com muito boa vontade e solicitude, gostaríamos de lhe dar um presente, visto que, além de tudo, hoje também é seu aniversário".

Aquelas palavras, por alguma razão, fizeram brilhar uma luz muito intensa na imaginação do jovem rapaz. Curvando-se numa outra reverência muito teatral, ele disse: "Ter podido ver meus amados príncipes sãos e salvos é o melhor presente do mundo!" A Princesa, comovida, replicou: "Oh, que belas palavras! Se todos no mundo agissem de igual modo..." Mas Euquério não tinha acabado a sua cena: "Antes, porém, de ver partir Vossas Altezas, gostaria muito de lhes fazer uma única pergunta, e a resposta de cada um será o meu presente de aniversário!"

O Príncipe e a Princesa se entreolharam, surpresos. "Seu pedido é estranho e bizarro", comentou o Príncipe, "mas, por ser também inofensivo, e por estar ao nosso alcance satisfazê-lo, nada nos custará atender!" "Pergunte, então", completou a Princesa, sorrindo mais uma vez.

E Euquério perguntou: "Gostaria humildemente que me contassem o sonho que tiveram na noite passada, na noite do dia de seu aniversário". O Príncipe franziu a testa, surpreso, mas a Princesa sorriu, alegrinha.

Mas foi o irmão dela quem falou primeiro: "Sonhei que era meu aniversário, como de fato era, e que alguém me dava de presente um lindo unicórnio de asas muito brancas. Era um animal de uma beleza extraordinária, de pelagem clara como a luz do sol num dia de verão sem nenhuma nuvem no céu. E ele me dizia: 'Vem, ó príncipe! Monta no meu dorso e vamos por aí a voar! Eu te levo aonde quiseres! Tu imaginas algum lugar misterioso e secreto, algum paraíso remoto e inexplorado? Então, vem, que para lá eu te levarei!' Mas eu sempre tive medo de altura", prosseguiu o Príncipe. "Por isso, não quis aceitar aquela oferta maravilhosa. Então, eu disse: 'não quero', e, no mesmo instante, o unicórnio se evaporou, como se fosse feito de fumaça!"

Euquério ouviu com muita atenção aquele sonho engraçado, guardando na memória cada detalhe do que o Príncipe lhe dissera. Voltando-se, então, para a Princesa, ele perguntou: "E Vossa Alteza? Com o que sonhou?" Ela sorriu e disse: "Por uma deliciosa coincidência, também sonhei que alguém me dava um presente de aniversário". "Ah, sim?", comentou o Príncipe, sem nenhum ânimo na voz, "e o que era?" "Uma romã", respondeu ela. "Uma romã?", repetiu Euquério. "Sim, uma romã", confirmou a Princesa. "Uma romã muito grande e bonita, com a pele vermelha e reluzente." "E ficou com ela?", perguntou Euquério. "Oh, é claro que sim!", exclamou a jovem, sempre sorrindo. "Nunca se deve recusar um presente, não é?" "E foi só?", perguntou Euquério. "Sim, foi tudo, foi bom e foi só", respondeu a Princesa, iluminando seu rosto com um último e amplo sorriso.

Euquério agradeceu a revelação daqueles sonhos. Os príncipes se despediram dele e retomaram seus lugares dentro da carruagem. Euquério ficou esperando até que a comitiva principesca desaparecesse na curva da estrada. Em seguida, voltou a atar seu boi à carroça e pensou: "Tive sorte em não ter sonhado nada esta noite! Sem dúvida, o destino me preparou essa surpresa: encontrar os príncipes e poder ajudá-los e, em troca, ganhar seus sonhos como um presente de aniversário!"

— E o que é que ele podia fazer com os sonhos dos outros? — pergunta Ezequiel, intrigado.

— Preste atenção e saberá — responde o livro. — Euquério montou em sua carroça e partiu em direção à cidade onde vivia a sábia mulher chamada Onirá. Sua ideia era muito simples: entraria na fila dos consulentes e, quando chegasse sua vez, pediria a ela que interpretasse um daqueles sonhos...

— Mas qual deles? — pergunta Ezequiel, curioso.

— Essa era também a grande dúvida de Euquério — responde Tomenota. — Ao longo do caminho, ele foi pensando, matutando, meditando, refletindo, cogitando...

— Sim, sim, sim... — insiste Ezequiel, impaciente.

— E acabou se decidindo pelo sonho do Príncipe — diz o livro, num tom aborrecido. — Afinal, ele pensou, o sonho de um príncipe, herdeiro legítimo do trono e provável futuro rei, sonho onde aparece um unicórnio lindo como um dia de verão, capaz de voar aos lugares mais impossíveis, deve valer muito mais do que o sonho de uma princesa bobinha, que sorri para qualquer um que encontra no meio da estrada, e acha muita graça numa simples fruta sem graça.

— Eu acho que pensaria a mesma coisa que ele — comenta Ezequiel.

— Eu também acho; afinal você não presta atenção em nada do que eu tento lhe ensinar... — diz Tomenota.

— Como assim? — pergunta o menino.

— Como assim, como assado — responde o livro. — Quer ouvir o resto da história ou não?

— Quero, é claro...

— Então, caladinho, por favor...

— Está bem, não digo mais nada...

— Não diga mesmo...

— Já estou calado, não está vendo?

— Não, estou vendo você falar mais ainda...

— Já me calei...

— Até agora, não parei de ouvir sua voz... — reclama o livro.

Ezequiel vai dizer mais alguma coisa, mas logo se contém. Tomenota então, satisfeito, retoma:

— Para sorte de Euquério, tinha pouca gente na fila, quando ele chegou na casa de Onirá. Era o começo da noite, por isso a maioria das pessoas já tinha ido embora. Ele esperou, esperou, estalando os dedos de impaciência, batendo o pé no chão, contando as mariposas que se aproximavam do lampião diante da casa da profetisa. Até que chegou sua vez.

— Oba! — comemora Ezequiel, mas logo morde o lábio, arrependido. Tomenota suspira fundo e retoma:

— Quando entrou, Euquério se viu numa salinha iluminada por muitas velas. Atrás de uma mesa, estava uma mulher muito velha e sorridente que lhe apontou uma cadeira na frente dela e disse: "Senta-te, meu bom rapaz! Estás certo de que queres contar-me o teu sonho? Pensa bem, reflete, porque depois não haverá caminho de volta". Euquério respirou fundo e disse, todo confiante: "Quero, sim". E, sem esperar segunda ordem, começou a contar o sonho do Príncipe, sem deixar escapar um só detalhe. À medida que ia contando, o rosto de Onirá foi ficando mais grave, mais sério, mais preocupado.

Quando ele terminou de falar, ela suspirou fundo e disse: "Oh, meu pobre rapaz, quanta tristeza, quanta tristeza!" Ele ficou assustado e perguntou: "Por que a senhora diz isso?" Ela suspirou de novo e respondeu: "O teu sonho me diz que tu tens um coração vazio, sem ânimo e sem vontade de arriscar!" Euquério ficou ouvindo, sem poder acreditar. A velhinha prosseguiu: "Recusando o unicórnio, tu recusaste a fantasia, o risco, a aventura, a ousadia, o encontro com o inesperado, a possibilidade de conhecer novos mundos, de conquistar novas riquezas, de procurar novos amores! Se tu fosses um príncipe, eu diria que tu jamais poderias governar o teu reino, porque governar bem é querer levar todas as coisas para o alto, tornar a vida de todos os súditos sempre mais elevada e melhor..."

— Ah! Então ela sabia que o tal sonho era roubado... — diz Ezequiel, alegre com sua dedução. Mas Tomenota não quer parar de falar:

— "Mas como tens medo das alturas, se fosses um príncipe, eu te aconselharia a que deixasses o trono para uma pessoa mais alegre, mais disposta a sorrir às novidades..."

— Viu só, como eu acertei? Ela sabe que o sonho é de um príncipe, que mulher mais inteligente, não? — comenta de novo o menino. Tomenota apenas suspira e retoma:

— "Mas como tu és um pobre filho de camponeses, só posso dizer que tens uma ambição tão grande e desmesurada, tão além de toda imaginação, que nem mesmo um maravilhoso unicórnio alado e sábio poderia satisfazer tua ânsia de cobiça! Por isso, levarás sempre uma vida amargurada e triste, porque és incapaz de reconhecer a beleza e a riqueza que se escondem por trás das coisas mais simples e gentis!"

Ao ouvir aquilo, uma enorme tempestade de tristeza e desolação desabou dentro do coração de Euquério. Ele se levantou, sentindo um peso insuportável sobre os ombros, o peso de sua vida futura. Junto da porta, no entanto, antes de sair, virou-se para Onirá e perguntou: "E se eu tivesse sonhado que aceitava uma romã de presente?"

— Ainda bem que ele perguntou, senão eu ia morrer de curiosidade... — diz Ezequiel, incapaz de se conter. — E o que foi que ela respondeu?

— Ela respondeu assim: "A romã é o símbolo da fartura oculta nas coisas mais simples. Quando se parte, ela libera milhares de sementes doces e coloridas, uma explosão de felicidade para as aves e para todos os bichinhos do mato, e para os homens que tiverem a sorte de cultivar as plantas mais delicadas, os arbustos mais humildes. A romã, nos sonhos, vale por um cofre que, quando aberto, revela milhares de pedras preciosas, rubis, opalas, safiras e diamantes..."

Tomenota fica em silêncio. Ezequiel fica pensativo. E diz, baixinho:

— Puxa vida! — e em seguida, comenta: — Ela só esqueceu de dizer que *romã*, de trás para frente, é *amor*...

— *Ela* não se esqueceu de nada! — diz o livro, rapidamente. — Afinal, a história é minha, e *eu* ia dizer isso, se você não ficasse me interrompendo o tempo todo...

Ezequiel cai na gargalhada. (*Por que o menino está rindo? é claro que ele sabe que o Tomenota não tinha pensado nisso, no jogo das palavras, mas, como sempre é muito orgulhoso, não quer reconhecer que deixou escapar um detalhe tão interessante...*)

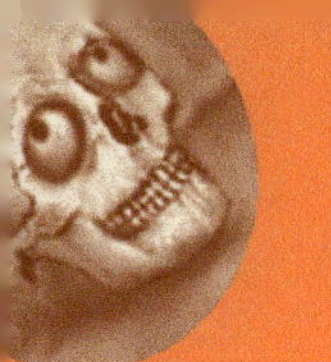

O labirinto e o calabouço

Enquanto vão discutindo sobre a história do ladrão de sonhos, o sol começa a se pôr, e Manuel (*que não gosta de seu nome*) percebe que já estão sobrevoando uma grande floresta.

— Decerto, a tal floresta de Anonímia — diz Tomenota, lembrando-se das palavras do rei Logomáquio XIX.

Alguns minutos depois, o menino avista alguma coisa que chama sua atenção.

— Ei, Tomenota, olha só aquilo lá!

— O que é? — pergunta o livro.

— Tem um raio de sol batendo exatamente em cima de uma pedra com o mesmo formato do desenho da minha mão.

— Então é para lá que a gente tem de ir! — exclama Tomenota.

— Espero que este tapete saiba o que está fazendo! — diz o menino.

Mas o tapete sabe, sim. Porque começa a perder altitude, vai baixando, vai baixando, suavemente, até pousar no chão, ao lado do enorme rochedo que eles viram lá de cima.

O menino e o livro descem do tapete. No mesmo instante, ele se ergue novamente, sobe nos ares e desaparece, voando numa velocidade de tirar o fôlego.

— Que beleza! — diz Manuel, contrariado. — Quero ver como é que vamos voltar, se é que vamos voltar...

— Calma, menino, tudo a seu tempo! — diz o livro. — Só se pode voltar depois de ter ido!

Manuel começa a investigar o rochedo e nem parece perceber que Tomenota está agora da altura de um palmo abaixo de seu ombro.

— Vamos dar a volta nesse pedregulho — sugere ele. E vai caminhando, com o livro sempre ao seu lado. De repente, na parte oculta da grande rocha, eles encontram uma abertura estreita e alta, suficiente apenas para alguém passar de lado.

— Deve ser aqui a entrada — diz o menino.

— Se deve ser, então é — diz Tomenota. — Vamos entrar?

— É para isso que viemos, não é?

Manuel se esgueira por aquela fresta, que parece ter sido cavada exatamente para ele passar. Tomenota faz o mesmo, ele que agora está quase do tamanho do menino.

Do outro lado, um corredor onde é possível ficar de frente, mas onde é tudo escuridão. Manuel e o livro começam a caminhar, lentamente, acompanhando a trilha. O menino percebe que estão andando para baixo, como se estivessem descendo uma rampa de declive muito suave, mas contínuo. Andam, andam e andam. De repente, o caminho faz uma curva aguda para a esquerda e uma chama vermelha de tocha, presa na parede, ilumina o chão.

Manuel e Tomenota param de andar, examinando o lugar onde estão. De repente, uma voz monstruosamente rouca pergunta:

— Quem mandou parar?

Manuel se vira e toma um susto tão grande que até dá uns passos para trás. É que na sua frente agora está uma figura horripilante, uma criatura duas vezes mais alta que ele, algo parecido com um grande macaco, mas com cara de javali (*como é uma cara de javali? Imagine um porco com cara de mau, dentes enormes e curvos que escapam da boca, olhos pequenos, apertados e bem vermelhos... é claro que não é um javali comum, ora essa!*). O bicho pavoroso, que está de pé como uma pessoa, tem o corpo todo coberto de pelos escuros e traz numa das mãos uma grande lança pontiaguda e, na outra, uma pequena lamparina acesa.

— Quem mandou parar? — repete ele, com uma voz que faz cair o pó do teto. — Sua cela ainda está longe...

— Cela? Que cela? — pergunta Manuel, perplexo (*desculpe usar essa palavra, sim?, mas não consigo pensar em outra agora, estou muito assustado...*).

O monstro solta uma gargalhada que parece o alarde de mil casas desabando sob o impacto de um furioso ciclone em pleno mês de agosto nos mares do Sul!

— Em marcha, vamos! — urra a coisa, esticando a grande lança na direção do menino. — Antes que o tempo se esgote...

Manuel não tem escolha. Começa a andar, trêmulo, em pânico. Mesmo assim, consegue reparar melhor por onde está indo: um corredor alto, comprido, frio, cheio de portas de aço, escuro como um sonho ruim, iluminado apenas pela chama muito fraca da lamparina, que vai criando sombras macabras nas paredes, enquanto eles vão andando. Tomenota está tão assustado quanto o menino, mas ainda assim consegue falar, baixinho:

— É... é... um calabouço...

— Cala a boca! — rosna o monstro.

Tomenota obedece, encolhendo suas páginas, bem apertadinhas entre a capa e a contracapa. Caminham mais um minuto. Até que, diante de uma porta meio aberta, o javali rosna:

— Podem entrar! É aqui! — e indica a porta com a lança.

Manuel e Tomenota cruzam a porta, que imediatamente bate atrás deles, num estrondo metálico que ecoa durante vários segundos.

— Isso é uma prisão? — pergunta o menino, ao perceber que não há outra saída, nem janelas, nem nada assim. Estão trancados num cubículo, iluminado somente pela chama amarelada da lamparina, que o javali-macaco deixou pendurada na parede ao sair. — Parece que hoje é mesmo o meu dia de ficar preso!

— Prisão, sim, como eu já disse: calabouço... — responde Tomenota —, masmorra, cárcere, bastilha, cadeia, xadrez, xilindró...

— Mas será que é, pelo menos, a prisão certa? — pergunta o menino.

— Se você quer saber se está nos domínios de Grã-Má e Matê-Má, então está na prisão certa! — responde uma voz, dentro da cela.

Manuel se assusta ao ouvir aquilo. Olha para todos os lados, mas não vê nada nem ninguém. De repente, seus olhos avistam alguma coisa amontoada num dos ângulos do cubículo escuro, mas que ele não consegue distinguir ao certo. O menino retira a lamparina do gancho e vai ver de perto o que é.

— Um esqueleto! — exclama ele, recuando dois passos. — Vem ver, Tomenota, um esqueleto humano...

O livro se aproxima e vê a ossada disposta como se estivesse sentada, com os ossos das pernas esticados no solo e o resto apoiado na parede. O crânio, porém, está no chão, ao lado do fêmur direito (*fêmur, você lembra, não é? o maior osso do corpo, etcétera e tal, que forma a coxa e por aí vai...*).

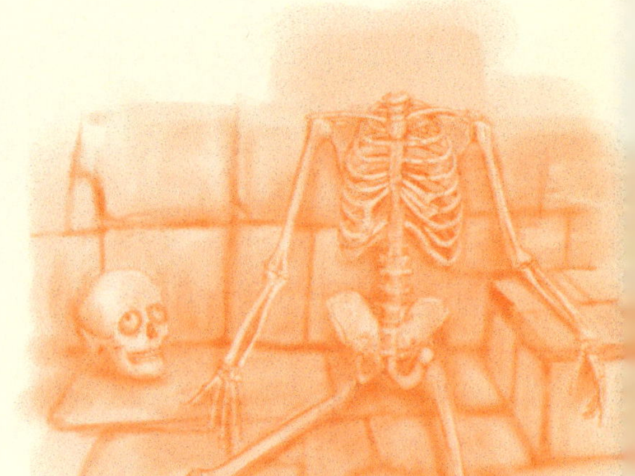

— Evidentemente, um esqueleto humano, e muito bem conservado, por sinal — comenta o livro com a maior naturalidade. — Parece um indivíduo do sexo masculino, morto aos vinte e cinco... não, vinte e oito anos... e não faz muito tempo...

— E não faz mesmo! — retoma a voz, que vem realmente da ossada, mais precisamente da caveira.

— Era só o que eu faltava ver! — exclama Manuel. — Depois de sapos, patos, corujas e gansos, um esqueleto que fala...

— Sem mencionar evidentemente este livro, seu criado — comenta Tomenota.

Manuel está mais interessado em ouvir a caveira. Por isso, pergunta:

— O que foi mesmo que você disse?

— Eu disse: e não faz mesmo... — responde a caveira. — Eu morri há somente três anos...

— Não, isso não... — diz o menino. — O que você tinha dito antes...

— Ah, sim, que estamos nos domínios de Grã-Má e Matê-Má!

— E quem são? — quer saber Manuel.

— Você nunca ouviu falar delas? — surpreende-se a caveira. — Não conhece as irmãs Tica, as duas mais temidas Megeras Escolásticas, também conhecidas como as Duas Cabeças do Dragão?

— Realmente, ainda não tive a honra de ser apresentado — confessa o menino. — Imagino, pelos nomes, que devem ser terríveis de más!

— Você não imagina nada — rebate a caveira. — Não há imaginação que possa conceber tanta maldade, a não ser, é claro, a delas...

— E você, quem é? — pergunta Tomenota. — Ou seria melhor eu perguntar: quem foi?

— Eu sou... eu era... eu costumava ser Trívio Quadrívio, vigésimo visconde de Magister-Dixit, cavaleiro da Ordem Superlativa do Abecedário e do Unidunitê... — responde a caveira, batendo o queixo —, mas podem me chamar de Trívio...

— O meu nome é Manuel — diz o menino. — E você morreu aqui, nesta cela? — pergunta ele, sentando-se no chão, ao lado do crânio esbranquiçado.

— Evidentemente... — responde Tomenota, ainda de pé.

— Nem evidente nem mente... — corrige Trívio. — Não se deixe levar pelas aparências, meu jovem... pois nem tudo o que não parece ser é de fato o que não é...

— Eu vivo tentando fazer ele entender isso, mas não adianta... — lamenta Tomenota, com um suspiro.

— Quer dizer que você não está morto? — pergunta Manuel.

— Mais ou menos... — responde Trívio, num estalido de castanhola.

— Essa é muito boa! — exclama Tomenota. — Quem já viu alguém mais ou menos morto?

— Você, para um reles livro de papel, até que é muito petulante! — diz a caveira chocalhando todos os ossos do esqueleto.

— Tomou nota? — pergunta Manuel, satisfeito.

O livro fica emburrado e prefere não dizer nada.

— Aqui, nos domínios de Grã-Má e Matê-Má, tudo é possível — retoma Trívio. — Elas têm poderes intermináveis, elas têm poderes que podem tudo...

— Então você está... encantado? — sugere Manuel.

— Encantado sem dúvida, já que estou preso neste canto... — graceja a caveira, bimbalhando os ossos. — E também muito encantado por ter alguém com quem falar... Mas, agora a sério, eu estou mesmo enfeitiçado...

— Enfeitiçado? — repete o menino.

— Enfeitiçadíssimo... e não estou sozinho neste destino cruel — responde Trívio, em tom melancólico. — Somos mais mil de milhões nesta masmorra infinitíssima.

— Puxa vida! Quantos! — Manuel se espanta. — E por que elas prendem a gente? O rei Logomáquio não quis me explicar a tal maldição...

— Porque são más, ora por quê! — exclama Trívio. — Todos aqueles que têm o infortúnio de passar perto do grande calabouço acabam sendo capturados pelos guardas das Megeras e trancafiados nessas celas horribilíssimas e gelidíssimas.

— E não tem jeito de sair daqui? — pergunta Manuel, apavorado.

— Ter, tem, mas não há... — declara a caveira.

— Não entendi... — diz o menino.

— Evidentemente... — bufa Tomenota. — Não faz nenhum sentido...

— Eu quis dizer que existe uma maneira de sair, mas ela é a mais remotíssima das probabilidades possíveis... — retoma Trívio. — E milhares de pessoas vêm tentando fazer isso há mais de oitocentos anos, sem sucesso...

— Pode explicar, por favor? — pede Manuel.

— As irmãs Tica desafiam seus prisioneiros a decifrar enigmas...

— Oh, não, isso de novo! — diz o menino em tom queixoso. E ele explica à caveira o que lhe aconteceu quando foi levar o doce de abóbora para as irmãs Viceversa.

— Mas eu não estou falando de charadas infantis nem de trocadilhos inconsequentes, meu caro rapaz — diz Trívio depois de ouvir o relato de Manuel. — Estou falando de problemas dificílimos, enigmas profundos e quase intransponíveis, meramente indecifrabilíssimos...

— Enigmas, é? — pergunta Manuel, pensativo.

— Isso mesmo, enigmas enigmaticíssimos — responde a caveira.

— Enigmas como... jogos de palavras...? — volta a falar Manuel.

— Claro, meu rapaz! — exclama o monte de ossos. — Todo enigma é assim, todo enigma se baseia na possibilidade que as palavras têm de dizerem muitas coisas ao mesmo tempo, ora essa...

— Então, agora eu entendo! — diz o menino.

— Entende o quê? — pergunta Tomenota.

— Agora eu entendo o plano do rei Logomáquio! — responde Manuel. — A tal reforma da língua! Ele achou que alterando o significado das palavras, deixando cada uma delas com um único sentido, ele conseguiria impedir as Duas Cabeças do Dragão de continuar aprisionando gente aqui, nesta masmorra...

— Oh, o nosso pobre e desesperadíssimo rei Logomáquio! — suspirou a caveira, em tom muito triste.

— Desesperado é apelido — diz Tomenota. — Ele é mesmo um maluco descabelado! Quem já viu? Trancafiar as palavras numa masmorra e proibir as pessoas de falar... Só mesmo sendo um leso, um demente, um aparvalhado, um doidivanas, um destrambelhado, um atoleimado...

— Como ousa se referir com palavras tão insolentes ao mais piedosíssimo e caridosíssimo e generosíssimo rei de todos os hemisférios? Seja lá o que ele tiver feito, estou plenamente certo e seguro de que foi com a melhor das melhores de todas as melhores intenções deste mundo e do outro! — exclama a caveira, indignada. — O senhor tem muita sorte de eu estar reduzido a ossos... do contrário, eu o desafiaria aqui mesmo, agora e já, para um duelo de desagravo...

— Só que o senhor *está* reduzido a ossos — diz Tomenota, mais insolente ainda. — Por isso, recolha-se à sua ossificação insignificantíssima! Eu falo do tal rei desmiolado do jeito que bem entender...

— Mas ele tem razão, Tomenota — intervém o menino. — Nós vimos como o rei estava triste e abatido... Ele deve ter tentado de tudo, sem sucesso; por isso, no extremo do desespero, teve a ideia de prender as palavras para reformar a língua... Ele na verdade me pareceu uma pessoa muito boa...

— Essas, sim, são palavras ponderadas e sensatíssimas! — diz a caveira, feliz. — A gente vê a diferença entre o que sai de um cérebro de verdade, com pensamento, alma, espírito e mente, e o que sai de um monte de papel embolorado...

— E o que acontece com quem não decifra? — pergunta Manuel, antes que Tomenota possa reagir.

— Ora, o que acontece! — guincha a caveira, batendo o queixo e fazendo o ruído igual ao que Manuel ouviu uma vez quando prendeu um siri vivo numa lata vazia de leite em pó. — Basta olhar para mim! Quem não decifra se transforma nisso: uma caveira viva, um morto que fala...

Manuel está horrorizado com a simples ideia de se transformar num esqueleto tagarela.

— Eu sei o que você está pensando! Ora se sei! — retoma a caveira. — E também sei o que está sentindo neste exatíssimo momento... É o que todos sentem quando ficam sabendo do destino que os aguarda... Você está ansioso para receber seu desafio, para tentar resolvê-lo, na ilusão de que um dia jamais sairá vivo daqui...

O menino sente um arrepio percorrer todo o seu corpo, pois aquela caveira acaba de dizer precisamente o que ele está sentindo no mais fundo de sua alma.

— Mas não precisa ficar ansioso, meu caro — retoma Trívio. — O seu enigma já está a caminho... Escute o som que vem do corredor...

Ficam todos em silêncio. O menino apura o ouvido. Realmente, ele escuta passos, passos pesados e duros.

“Deve ser o javali-macaco de novo!”, pensa Manuel.

Os passos param diante da porta. Mas ela não se abre. Pela ínfima fresta entre a porta e o chão alguém faz passar uma folha de papel dobrada. Em seguida, os passos novamente, afastando-se desta vez.

Manuel corre para recolher o papel.

— Vamos ver o que é agora... — diz a caveira, completamente desanimada.

O menino desdobra a folha e lê:

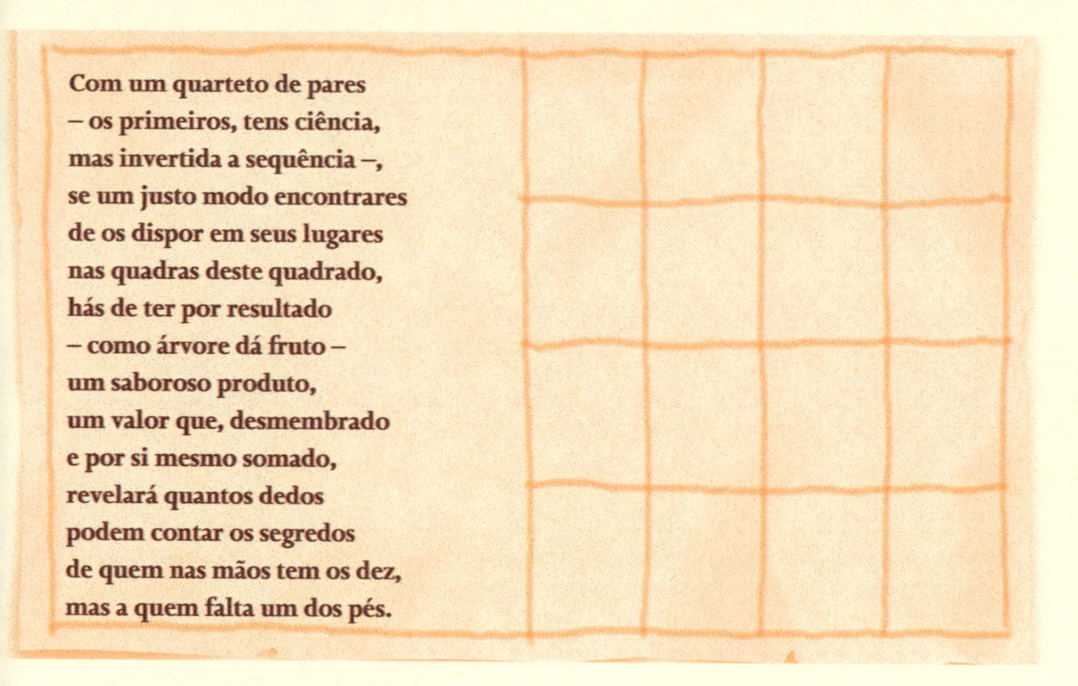

Com um quarteto de pares
– os primeiros, tens ciência,
mas invertida a sequência –,
se um justo modo encontrares
de os dispor em seus lugares
nas quadras deste quadrado,
hás de ter por resultado
– como árvore dá fruto –
um saboroso produto,
um valor que, desmembrado
e por si mesmo somado,
revelará quantos dedos
podem contar os segredos
de quem nas mãos tem os dez,
mas a quem falta um dos pés.

— Eu não disse? Eu não disse? — exclama a caveira em tom desolado. — Agora você vai entrar em pânico, vai se descabelar, vai querer comer a parede, rasgar o teto, cavar um túnel direto para o inferno...

— Nada disso, nada disso! — rebate Tomenota. — Meu amigo não vai ser enfeitiçado! Afinal, ele é um ser especial, uma criança celestial, um salvador peremptório e monumental. Além disso, ele conta com a minha ajuda, coisa que o senhor, muito visconde, muito vigésimo, nunca teve...

— Quero ver só! Quero ver só! — chacoalha a caveira.

— Queiraver e queiraverá! — garante o livro. E voltando-se para Manuel: — Agora, vamos tentar resolver isso com muita calma, paciência, compungência e sensibilidade...

— Compungência ou sem pungência, com sibilidade ou sensibilidade, duvido que vocês consigam... — desdenha Trívio.

— Venha, menino... — chama Tomenota, afastando-se do esqueleto. — Vamos ficar longe do pessimismo e da apatia desses ossos descarnados...

— Oh, não, por favor! — diz a caveira em tom choroso. — Fiquem!

— Só se prometer dobrar a língua... quero dizer... fechar a matraca — diz Tomenota.

— Prometo...

Manuel está atento às palavras do enigma.

— Acho que eu tenho de preencher as casas desse quadrado com alguma coisa...

— Evidentemente — diz Tomenota. — Afinal, está escrito: "se um justo modo encontrares de os dispor em seus lugares... nas quadras deste quadrado".

— O quadrado tem quatro fileiras de quatro casas... — observa o menino. — Deve ser por isso que está escrito "quadras".

— Evidentemente...

— "Se um justo modo encontrares de os dispor em seus lugares..." — repete Manuel. — O que será esse "os"?

— "Os", nesse caso, é o mesmo que "eles" — explica Tomenota. — Tanto faz dizer "coloque-os" como "coloque eles", é uma simples questão de gosto...

— Nada disso! Nada disso! — contesta a caveira. — O senhor está livrescamente equivocado!

— E quem o senhor pensa que é para me dizer tal coisa? — diz Tomenota, indignado. — Eu sou um livro vivo e o senhor é um visconde encaveirado, um esqueleto falastrão, um monte de ossos desbocados e descarados... *(Parece que o Tomenota está se vingando da gente, porque chamamos ele de desbocado e descarado no primeiro capítulo... o quê? ah, sim, você prefere "porque o chamamos"... tudo bem, é uma simples questão de gosto mesmo...)*

— Vou desconsiderar suas ofensas, somente para ajudar o menino — diz Trívio, muito orgulhoso e cheio de si. — Ouça, meu rapaz, o "os" do verso "de os dispor em seus lugares" se refere aos "pares" do primeiro verso...

— É mesmo! — exclama Manuel. — Muito obrigado...

— Que grande ajuda! — desdenha Tomenota. — Como se não fosse óbvio...

— Se são quatro casas por linha e se é "um quarteto de pares", então... acho que tenho de colocar quatro coisas em cada linha... — pensa Manuel em voz alta.

— Evidentemente... — diz Tomenota.

— Você não sabe dizer outra coisa? — irrita-se a caveira. — Tudo é evidentemente?

— Evidentemente... — responde Tomenota, só para provocar.

— Por que não *absolutamente, incontinentemente, espiritualissimamente, toda-fruta-tem--semente?* — propõe Trívio.

— E por que o senhor não fica esqueleticamente calado, como um morto que se preze? — devolve Tomenota.

— Se vocês não pararem com esse bate-boca eu não vou conseguir pensar direito! — exclama Manuel, perdendo a calma.

O livro e a caveira se calam (*mas só por uns minutinhos, é claro, senão a história fica sem graça... eu, particularmente, pessoalmente e egoistamente estou gostando muito da briguinha deles dois...*).

Manuel continua relendo o enigma.

— "Revelará quantos dedos... de quem nas mãos tem os dez... mas a quem falta um dos pés" — ele repete. — Ora, então é quinze!

— O quê? — pergunta o livro.

— Quinze! O resultado é quinze! — repete Manuel. — Os dedos das mãos são dez...

— Não há novidade nisso — comenta a caveira.

— Deixe ele terminar o raciocínio! — diz Tomenota, aborrecido.

— Ora, a pessoa "a quem falta um dos pés" tem somente cinco dedos, os cinco dedos do pé que sobra... somados aos dez dedos das mãos... quinze!

Manuel tira do bolso seu lápis e começa a fazer anotações na folha de papel em que veio o enigma. (*Você também se lembrou, não é? isso mesmo, no tapete mágico estava bordada esta cena: o menino com um lápis na mão, tomando notas...*)

— Vamos ver... Já temos alguma coisa: 15 — diz ele, escrevendo.

— Mas o que é quinze? Quinze o quê? — pergunta a caveira.

— Acho que você está embolando tudo... — comenta Tomenota.

— Como assim? — pergunta o menino.

— Você está começando pelo fim... — explica o livro. — Sabe que o resultado é quinze, mas o resultado de quê?

— De alguma soma, provavelmente — sugere a caveira.

— Provavelmente nada — retruca Tomenota. — Evidentemente...

— Como assim, evidentemente? — pergunta Manuel.

— Veja o que está escrito aí... — continua o livro. — "Um valor que, desmembrado e por si mesmo *somado*." Não é preciso ser conde nem visconde de não sei onde para adivinhar isso. Afinal, já está revelado...

— É mesmo — diz Manuel. — Quinze é o resultado dessa soma...

— Mas essa soma só pode ser feita depois que "um valor" for "desmembrado" — diz Tomenota.

— Puxa vida! Que confusão! — suspira Manuel.

— Eu disse, não disse? — comenta Trívio, em tom de vitória. — Elas são terríveis, impiedosas, uns monstros!

— Nem pense em desistir, menino! — grita Tomenota. — Não se deixe convencer pelas lamúrias dessa caveira estúpida, que virou osso porque não soube ler direito!

— Como ousa dizer is... — começa a dizer Trívio, mas o menino não deixa ele terminar:

— Silêncio! Estou pensando...

Ele lê mais uma vez aqueles versos e diz:

— Acho que você tem razão, Tomenota. Vamos começar pelo começo.

— É assim que se faz — comemora o livro (*eu adoraria dizer que ele pôs um palmo de língua para a caveira, mas eu nem sei direito se esse livro tem boca!*). — Vamos ver. O primeiro verso diz: "com um quarteto de pares...". Que pares serão esses?

— Já que estamos pensando em somas e resultados, acho que esses pares só podem ser números... — diz Manuel —, números pares.

— Evidentemente...

— Quero só ver aonde isso vai dar — comenta baixinho a caveira, mas os outros não ligam.

— Mas são só quatro números pares — prossegue o menino, animado agora.

— Por quê? — pergunta o livro (*você acha que ele já sabe de tudo? e só finge que não sabe para deixar o menino aprender sozinho? é uma boa ideia, mas confesso que ela não tinha passado ainda pela minha cabeça... vou anotar*).

— Porque aqui diz "um quarteto de pares" — responde Manuel.

— E que números pares serão esses? — a caveira se interessa.

— "Os primeiros, tens ciência" — diz o menino. — Ora, os primeiros números pares que eu aprendi...

— Os primeiros de que você teve *ciência*... — diz a caveira, eufórica.

— ... foram 2, 4, 6 e 8... — conclui Manuel.

— Muito bem! — comemora Tomenota (*acho que você tem razão: ele já sabe as respostas... senão, por que estaria comemorando?*).

— Então, o que eu tenho de fazer é colocar 2, 4, 6 e 8 nesse quadrado... — vai refletindo o menino.

— “Se um justo modo encontrares” — lembra a caveira.

— “De os dispor em seus lugares” — completa o livro.

— Mas que “justo modo” seria? — pergunta Manuel. E de repente exclama: — Mas é claro! É óbvio! Está dito aqui mesmo: “mas invertida a sequência”...

Tomenota e Trívio não entendem a alegria do menino.

Manuel, porém, sem dar mais explicações, preenche o quadrado do seguinte modo:

— Agora você só tem de somar, não é? — sugere Trívio, muito espantado com a inteligência do menino.

— Vamos ver... — diz Manuel. — 8 mais 6 mais 4 mais 2 é igual a ... 20...

— Então temos um probleminha aí... — diz Tomenota.

— E qual é, sabichão? — pergunta a caveira.

— O resultado do enigma não é 15? — pergunta o livro. — Você mesmo não disse que os dedos das mãos mais os dedos de um pé são 15 no total? Ora, os números que você usou para preencher as casas, se somados, dão 20... isto é, o total de dedos de duas mãos e *dois* pés...

— É mesmo — reconhece Trívio —, você tem razão...

— Eu *sempre* tenho razão... — diz Tomenota, triunfante.

Manuel volta a ler os versinhos. Pensa, reflete, medita, até que...

— Acho que sei qual é a palavra-chave agora... — diz ele.

— E qual é? — pergunta o livro.

— *Produto* — responde o menino.

— Produto? — pergunta a caveira.

— Produto — repete o livro —, o senhor nunca ouviu essa palavra antes?

— Sim, é claro, muitíssimas vezes, se quer saber... — diz a caveira, aborrecida.

— *Produto* é o que a gente encontra quando *multiplica* números, não quando soma! — diz Manuel, feliz da vida por ter se lembrado disso (*eu mesmo já tinha esquecido...*).

— É isso mesmo! — diz Tomenota (*definitivamente, você tem razão: ele sabe das respostas!*).

Manuel então calcula, rabiscando com o lápis:

— 8 vezes 6 é igual a 48... 48 vezes 4 é igual a... 192... 192 vezes 2 é igual a... 384...

— 384... — repete Trívio, acompanhando as contas do menino.

— Agora tenho 384 — vai pensando Manuel. — Esse é o produto... Mas ele tem que ser "desmembrado" e depois "por si mesmo somado"...

— O que será que isso quer dizer? — pergunta a caveira.

— Acho que eu tenho de somar 3 mais 8 mais 4... — supõe Manuel, calculando mentalmente. — Ei! É isso mesmo! O resultado é 15! O mistério foi resolvido!

Manuel pula de alegria, corre pela cela, bate nas paredes, assobia, abraça o livro e quase dá um beijo na caveira!

— Resolvido, mais ou menos, não é? — diz Tomenota, preocupado.

— É claro que ele tinha de estragar a festa! — suspira a caveira, num estalo de ossos.

— Por que mais ou menos? — pergunta o menino.

— Porque você só encontrou o resultado da primeira série de quadras do quadrado — explica o livro.

— É verdade — reconhece Manuel. — Mas acho que daqui para a frente vai ser mais fácil...

— Por quê? — pergunta o visconde esquelético.

— Porque os números têm de ser colocados de um jeito que, somados, deem sempre vinte como resultado... — responde o menino.

— Mas não era para multiplicar? — pergunta a caveira, confusa. — Você mesmo não falou de produto e não sei o que mais?

— Falei, falei, sim... — diz Manuel. — Mas agora estou percebendo que as bruxas queriam fingir que o enigma era mais complicado e difícil do que realmente é...

— Explique-se! — exige Tomenota.

— Ora, a mágica é mais simples do que parece! — diz o menino, muito contente com o que acaba de descobrir. — A solução é encontrar uma maneira de distribuir os quatro números pares de um modo que, somados uns com os outros, em qualquer direção, a gente ache sempre o mesmo resultado, que é 20...

— E a história do 15? — quer saber a caveira.

— Elas inventaram isso só para desviar a gente do problema verdadeiro... Tanto faz somar ou multiplicar os números entre si... O importante é que qualquer uma das operações dê sempre um resultado igual, em todas as direções...

— Por todos os lápis e cadernos, garoto! Como você é esperto! — exclama a caveira, realmente impressionada.

— É que me lembrei daquilo que você e o Tomenota me disseram — explica Manuel, modestamente. — Nem tudo o que parece de fato é o que aparece...

— Até que enfim você descobriu que as comparecências engalanam! — diz o livro, muito satisfeito.

— Que as *o quê* fazem *o quê?* — pergunta Trívio, mais perdido que um tamanduá preso dentro de um barco pendurado no topo de uma montanha coberta de neves eternas.

— Muito bem! — continua o livro, sem dar a menor importância à perturbação dos ossos do visconde enfeitiçado. — Agora temos de encontrar a disposição correta das outras filas do quadrado... Se você quiser, pode até usar algumas folhas minhas para fazer suas contas...

Manuel aceita a oferta. Deita o livro em seu colo, abre numa página em branco e, usando seu lápis, rabisca quadrados e contas e mais contas. (*Vou poupar a gente de acompanhar todos os cálculos que ele fez, os resultados que encontrou, testou, eliminou, refez e tudo o mais, está bem?*)

Até que, finalmente, ele preenche todo o quadrado, deste modo:

— Puxa vida! — exclama ele, muito contente, mas cansado, afinal. — Custou mas consegui!

— Parabéns para você, nesta data colorida! — felicita Tomenota.

— Eu digo o mesmo... — é a vez de Trívio. — Se eu tivesse sido esperto como você, não tinha caído no feitiço das bruxas...

(*O enigma foi resolvido: trata-se do que os sábios antigos chamavam de* quadrado mágico... *em todas as direções, para cima e para baixo, da esquerda para a direita, da direita para a esquerda, e em todas as diagonais, a soma ou a multiplicação dos números dá sempre o mesmo resultado...*)

— Agora, temos de chamar aquele monstro lá fora para entregar o resultado — diz Tomenota.

— Tem razão — diz o menino, levantando-se com a folha de papel na mão, devidamente preenchida.

Ele chega junto à porta de ferro escuro, na qual não existe a menor fresta.

— Acho que o jeito é ficar batendo até ele aparecer — sugere Tomenota.

Manuel faz isso. Começa a esmurrar a porta: *panc... panc... panc... panc... panc...*

De repente, a porta se abre e o grande javali-macaco aparece.

— Que barulheira é essa? — pergunta ele, com uma voz que faz tremer o chão, as paredes e o teto.

O menino lhe estende o papel e diz:

— Queremos que leve isso de volta a quem nos enviou.

O monstrengo parece não entender. (*Provavelmente é a primeira vez que alguém afirma ter uma resposta para os enigmas das Megeras Escolásticas.*)

— Você ouviu o menino — diz Tomenota, cheio de coragem. — Ele quer que você leve o papel com a resposta, antes que o tempo se esgote.

A criatura horrenda estica uma das patas e arranca a folha da mão do menino, sem dizer nada. Tranca a porta do lado de fora e começa a andar. Os sons dos passos vão se tornando cada vez mais distantes, até sumir por completo.

— E agora? — diz a caveira em seu canto. — O que será que vai acontecer?

Alguns minutos se passam. Meia hora. Até que eles ouvem, então, um grito horrendo, hórrido e horripilante, pavoroso e apavorante, um guincho estridente como o de um milhão de dentes rangendo, um trilhão de lobos uivando no meio de uma tempestade de raios e trovões retumbantes como a voz de trezentos terremotos intermináveis e cruéis...

O segundo quadrado mágico

— Que barulho medonho foi esse? — exclama Tomenota.

— Não faço a mais mínima menor ideia — responde a caveira.

Agora, tudo é silêncio. E o tempo começa a passar com a lentidão de um caramujo que tenta escalar a árvore mais alta do quintal. Ninguém diz nada. E o tempo passa, o caramujo se arrasta, e ninguém diz nada. Até que:

— Já tem quase uma hora que o monstro saiu daqui, não é? — pergunta Natanael (*que não gosta de seu nome*), triste por não estar usando o relógio de pulso que ganhou de seu avô, mas esqueceu dentro do bolso do casaco que usou na semana passada quando foi com sua mãe visitar sua madrinha que mora do outro lado da cidade.

— Evidentemente... — responde a caveira (*peguei você, não foi?*).

— É terrível ficar esperando aqui, sem saber o que vai acontecer... — comenta Tomenota, que agora está maior e alcança já o peito de Natanael.

Mas pouco depois, os passos pesados do javali-macaco retumbam pelos ocos do calabouço. A porta não se abre. E uma nova folha de papel dobrada atravessa o estreito intervalo entre a porta e o chão.

— Oh, não! Não é possível! — exclama Trívio, desesperado. — Mais um enigma! Não acredito...

O menino corre para recolher o papel.

— Parece que é mesmo mais um — diz ele, trazendo a folha para perto do livro e do esqueleto do visconde.

— E o que está escrito aí agora? — pergunta Tomenota.

Natanael lê:

Nesta cruz se pode ler
– ou, mais ainda, reler –
o que fazem as irmãs
quase todas as manhãs
com quem tenta em vão saber
de que modo responder
a questão que se repete:
"Correndo um risco no sete
– o que nesta cruz se vê –,
o que nesta cruz se lê?"

1	2	3	4	5	**– aqui repousam as aves**
2	6	2	1	4	**– assim se chama o mesquinho**
3	2	7	2	3	**– esta linha tu já sabes**
4	1	2	6	2	
5	4	3	2	1	**– um mais um bem direitinho**

— Pelo cálcio dos meus ossos! — exclama Trívio, estalando as juntas. — O que será desta vez?

— Mais uma charada enigmática e complexamente intrincadíssima, evidentemente — responde Tomenota.

— E eu pensei que bastava resolver um enigma para a gente ficar livre! — suspira Natanael.

— Por que será que elas mandaram outro? — pergunta-se o livro.

— Talvez porque elas sejam duas — sugere a caveira do visconde. — Como ele resolveu o enigma enviado pela primeira, a outra agora quer ver se consegue prender o menino para sempre aqui!

— É uma boa suposição, admito — diz Tomenota.

Natanael volta a se sentar no chão, ao lado da caveira, com a lamparina acesa entre ele e o grande osso da perna do visconde. O livro fica de pé, na frente dele.

— Dessa vez, vou começar pelo começo — diz o menino. — Assim a gente talvez economize tempo.

— Boa decisão — cumprimenta Tomenota.

— Bem, antes de mais nada — diz Natanael —, preciso descobrir de que "cruz" se está falando.

— Como assim? — pergunta a caveira.

— O primeiro verso diz: "Nesta cruz se pode ler"... — responde o menino. — Mas aqui não tem cruz nenhuma... ou melhor... *parece* não ter cruz nenhuma... O que tem é mais um quadrado dividido, dessa vez em cinco casas por linha...

— E quantas linhas são? — pergunta a caveira.

— Ó pergunta mais inútil! — exclama Tomenota. — Se são cinco casas por linha, só podem ser cinco linhas, senão não seria um quadrado! Não me espanta nem um pouco que você tenha ficado aqui, reduzido a ossos... Agora que não tem cérebro talvez seja até mais inteligente do que quando tinha miolos dentro desse crânio vazio!

— O senhor se acha muito sabidíssimo só porque fica se esticando para o alto feito uma girafa megalomaníaca com complexo de superioridade! — diz o cadavérico Trívio Quadrívio.

— Por favor, vocês não vão recomeçar, não é? — pede Natanael. — Eu quero pensar em paz, é possível?

Livro e caveira se calam. Natanael reflete um pouco em silêncio. Em seguida fala:

— Bem que eu desconfiava...

— Do quê? — pergunta Trívio.

— A cruz não aparece, mas está aqui... — responde o menino, usando seu lápis para fazer algumas marcas no papel. E o que ele fez foi o seguinte:

— Muito bem, Natanael, muito bem mesmo! — comemora Tomenota, sempre orgulhoso (*ele fica agindo como se o menino fosse seu discípulo e ele, um mestre cheio de sabedoria... é muito enxerimento desse livro, você não acha?*).

— Já achei a cruz... — diz o menino. — Vamos agora ver o que resta para descobrir...

— E resta muito, não é? — comenta a caveira.

— Muito ou pouco, não interessa, o que interessa é ir em frente, antes que o tempo se esgote... — replica Tomenota.

— Engraçado é que a tal cruz aparece de novo no fim... — diz Natanael, sem ligar para a discussão dos outros dois. — "Correndo um risco no sete — o que nesta cruz se vê — o que nesta cruz se lê?"

— Parece de uma complicação infinitíssima... — diz Trívio.

— Pelo menos o tal do 7 já está aqui, no meio da cruz — diz Natanael. — Mas o que será "correndo um risco no sete"?

— Eu, quando tinha carne e pele nos dedos, escrevia sempre o número sete com um tracinho no meio — diz a caveira.

— E quem quer saber dessa bobagem? — pergunta o livro.

— Talvez o "risco" do verso seja um tracinho... — sugere Trívio ao menino, desconsiderando as intervenções de Tomenota. — Veja bem, Natanael, "correr um risco" pode não ser, aqui, "enfrentar um perigo", mas, quem sabe, "fazer um risco, um tracinho" no número sete...

— É uma boa sugestão, obrigado — agradece o menino. — Afinal, nós já sabemos que o que está em jogo aqui é o poder que as palavras têm de significar muitas coisas ao mesmo tempo, não é?

(*Aqui, de novo, eu adoraria dizer que a caveira pôs meio palmo de língua para o Tomenota, mas infelizmente não é possível...*)

Natanael faz um tracinho no meio do número 7, que fica assim: 7̶.

— Acho que seu plano mirabolante não funcionou, senhor visconde dos ossos muito amareladíssimos... — diz o livro, cheio de ironia.

— A menos que não seja um tracinho aqui no meio — pensa o menino em voz alta, apagando o risco que fez, com a borracha que tem na outra ponta do lápis. — E se for um tracinho em cima...?

E ele faz o que está pensando. E para sua grande surpresa, o que aparece é: $\overline{7}$.

— Vê só, Tomenota! O que era um 7 virou um $\overline{7}$! — exclama o menino, muito contente.

— É mesmo! — confirma o livro. (*Você reparou que o Tomenota nunca dá nenhuma dica ao Natanael? aqui, por exemplo, ele podia muito bem dizer o óbvio, não é? e qual é o óbvio?*

ora, se o 7 é igual a ūm 7, é porque cada número vale uma letra... mas ele não diz, porque quer que o menino se vire sozinho...)

— Vamos ver o que dizem os versos, mais uma vez — diz Natanael, muito animado. — "Nesta cruz se pode ler... o que fazem as irmãs quase todas as manhãs com quem tenta em vão saber de que modo responder"...

— Elas prendem! — diz a caveira, num estalido dolorido e doloroso. — Elas prendem! Elas torturam! Elas matam!

— Elas matam? — repete o menino. — Ei... é isso... *matam* é a resposta...

— Que resposta? — pergunta Trívio.

Mas Natanael não responde, porque está escrevendo no quadrado mágico:

— O que foi que você fez? — pergunta o esquelético.

— Eu coloquei uma letra ao lado de cada número.

— E deu certo? — quer saber Tomenota.

— Deu mais do que certo — responde Natanael. — Cada número vale por uma letra... E no caso de *matam* a cruz ficou perfeita, porque é uma palavra que pode ser lida igual em todas as direções!

— É um *palíndromo*! — explica a caveira.

— Um o quê? — pergunta o menino.

— Um palíndromo! É assim que se chama a palavra ou a frase que a gente pode ler de trás para a frente, obtendo o mesmo sentido! — responde Trívio Quadrívio, muito contente de poder ensinar alguma coisa, ele também.

— Evidentemente... — é o que diz Tomenota (*e o que mais ele poderia dizer, não é?*).

— Por enquanto, eu só tenho os valores de 2, do 3 e do 7 — diz Natanael. — Mas o 7 só aparece uma vez, e o 3 já foi todo substituído... Vou agora substituir os outros 2 por letras A...

E o que ele obtém é:

— Muito bem... — diz Tomenota. — Mas ainda falta muito para resolver. Como você vai descobrir o valor dos outros números?

— Provavelmente, usando as indicações que estão do lado direito do quadrado — responde o menino.

— É verdade! Eu tinha me esquecido delas — comenta Trívio Quadrívio. — O que está mesmo escrito aí?

— "Aqui repousam as aves" — lê o menino. — "Assim se chama o mesquinho"... "Esta linha tu já sabes"... "Um mais um, bem direitinho"...

— Se isso são indicações, eu queria muito saber para quê... — suspira a caveira, sempre disposta a entregar os pontos na primeira dificuldade.

— "Esta linha tu já sabes" é fácil de entender... — diz Natanael. — É a linha do meio, a que forma a cruz, e nós já deciframos ela...

— Muito bem pensado — cumprimenta Tomenota (*antes ele era bem mais engraçado, você também não achava? desde que eles vieram para a prisão ele ficou assim, metido a importante...*).

— "Aqui repousam as aves" — repete o menino. — O que será isso? Onde é que as aves repousam?

— As aves *repousam* no mesmo lugar onde elas *pousam*... — sugere a caveira. — Será que a resposta é *ninho*? *Ninho* tem cinco letras...

— Mas não serve — responde Natanael. — Porque eu já tenho um A e um M aqui, na primeira linha...

— *Galhos*... não, não serve — diz a caveira.

— As aves pousam nos galhos, sim — é Natanael de novo pensando alto. — Mas de que outro modo a gente pode dizer *galhos*?

Um minuto de silêncio. De repente, a caveira exclama:

— *Ramos*! As aves pousam nos ramos das árvores!

Natanael confere. Dá certo!

— É isso mesmo, Trívio! Você acertou em cheio! Muito obrigado!

Tomenota se vê obrigado a reconhecer:

— Você até que pensou direito! Evidentemente, um lance de sorte...

Natanael escreve em seu quadrado:

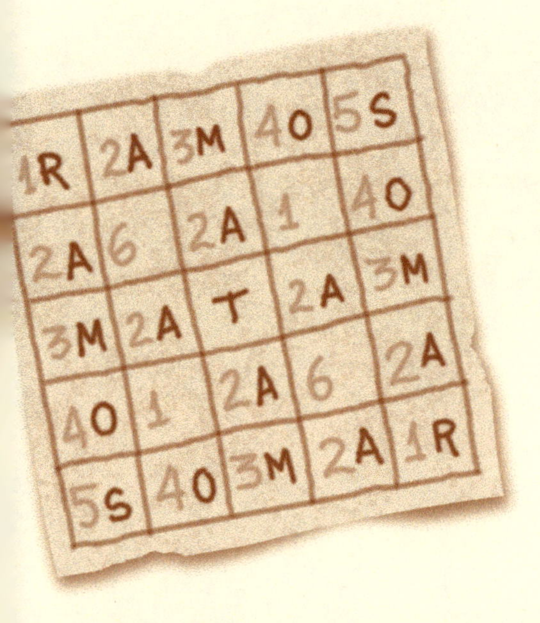

É só aí que ele percebe que está novamente lidando com um quadrado mágico.

— Olha só! As palavras RAMOS e SOMAR podem ser lidas em todas as direções... Estamos com quase tudo preenchido... E SOMAR tem a ver com o último verso: "Um mais um, bem direitinho"...

Ele mal cabe em si de tanta excitação.

— Como é mesmo o segundo versinho? — pergunta Trívio, muito animado também.

— "Assim se chama o mesquinho" — responde Natanael.

— *Mesquinho*, não é? — repete a caveira (*eu ia dizer, "com ar pensativo", mas desde quando caveira tem "ar"...? a não ser dentro dos buracos do crânio...*).

— Como é que se chama o mesquinho? — pergunta o menino.

— Pão-duro? — sugere Tomenota (*que sugestão mais fuleira, não é? ele só finge que está sugerindo, nós sabemos por quê...*).

— *Unha de fome!* Não cabe! *Fominha!* Não cabe! *Sovina!* Não cabe! — Trívio Quadrívio vai falando sem parar.

— *Avarento* — sugere Natanael —, também não cabe...

— *Avarento*, não, mas quem sabe *avaro*? — propõe a caveira.

Natanael dá um grito:

— *Avaro! Avaro! Avaro!* Você acertou de novo!

— Completamos! Completamos! Completamos o quadrado! — grita o menino, com toda a força de seus pulmões.

Ele corre até a porta e começa a bater, a socar, a esmurrar: *bunc... bunc... bunc... bunc... bunc...*

O javali-macaco não demora a aparecer. Mal ele abre a porta, Natanael começa a falar:

— Eu decifrei! Eu decifrei! Nós deciframos o enigma!

O monstro range os dentes, grunhe, rosna, guincha, muge e bufa.

Ao mesmo tempo, uma enorme gritaria começa a ecoar pelos corredores da interminável masmorra.

— Olhe para mim!

— Olha para você!

— Estamos vivos de novo!

— O que será que aconteceu?

— Milagre! Milagre! Milagre!

É uma barulheira ensurdecedora de vozes que se cruzam, todas muito alegres, todas muito felizes, todas muito contentes! Mas, por cima de todas as vozes, eles voltam a escutar o mesmo grito enlouquecido, o mesmo urro de vulcão que explode numa erupção violenta, a mesma voz de um terremoto que se levanta desde o coração do mundo, o mesmo estrondo de uma colisão de dez planetas no centro do universo, liberando zizilhões de toneladas de energia cósmica! Ele ecoa por alguns minutos, mas logo cessa, deixando lugar somente para os gritos de alegria, como este:

— Natanael! Natanael! Veja só o que aconteceu comigo!

O menino, que estava junto da porta, falando com o grande javali, volta-se para trás e fica tomado de espanto ao ver um nobre cavaleiro, de carne e osso, mas de osso escondido, porque quem está ali agora é o próprio Trívio Quadrívio, de pé, com a cabeça no lugar, vestido como um visconde de verdade!

— Trívio Quadrívio, você voltou a ser gente! — comemora o menino.

O visconde vai até Natanael e lhe dá um grande abraço, comovido:

— Meu jovem, você é um herói! Você acaba de libertar mil milhões de prisioneiros das terríveis Megeras Escolásticas! Você deve ser o libertador, o salvador, que nosso povo ficou esperando durante mais de oitocentos anos! — e dizendo isso, Trívio Quadrívio se ajoelha aos pés do menino.

— Por favor, não faça isso! — exclama Natanael, encabulado. — Eu não sou herói nem santo nenhum! Além disso, não consegui nada sozinho... você e o Tomenota me ajudaram. Vamos, de pé!

O visconde se levanta, mas está muito emocionado. Só que a emoção se transforma em susto e espanto quando ele olha para o javali-macaco e vê que o grande monstro também está virando gente!

— Graças a Deus! — exclama a mulher alta e forte que surgiu no lugar dele. — Eu não suportava mais ficar presa dentro daquele corpo monstruoso! E, pior ainda, fedendo a macaco e a porco!

Trívio Quadrívio, então, solta um grito estridente:

— Minha amada! Minha amadíssima Verbigrácia!

— É você, Trívio? — exclama a mulher, espantadíssima. — É mesmo você, Trívio Quadrívio do coração meu?

E os dois se abraçam, se apertam, se beijam, se olham, se afastam, se abraçam de novo e por aí vai... *(você sempre me disse que não gostava de cenas românticas, por isso vou te poupar dessa aqui também...)*

— Você também estava enfeitiçada? — pergunta Natanael.

— Evidentemente... — responde Tomenota.

— Alguns de nós eram transformados em monstros para servir de guardas do labirinto — explica ela. — Foi o que me aconteceu dois anos atrás, quando vim tentar resgatar meu querido visconde! Nunca imaginei que você era a caveira abandonada no canto desta cela!

— E agora? Como vamos fazer para sair daqui? — pergunta Tomenota.

— Muito fácil — responde Verbigrácia. — Depois de andar dois anos seguidos por esses corredores, já decorei todos os caminhos... Mas para sair daqui, teremos de atravessar o coração do labirinto... É lá que moram... é lá que moravam as Duas Cabeças do Dragão...

— Por que você disse *moravam*? — pergunta Natanael. — Elas fugiram?

— Não exatamente... — responde Verbigrácia, sorrindo.

— Elas morreram? — pergunta Tomenota.

— Mais ou menos... — responde ela, alegre.

— Já sei, então: elas viraram esqueletos! — diz Trívio, muito feliz.

— Eu não diria assim... — replica Verbigrácia. — Se quiserem saber, venham comigo!

E ela sai para o corredor, a passos rápidos, seguida dos outros três. À medida que vão passando diante das celas, Verbigrácia, que tem uma grande chave preta pendurada no pescoço, vai abrindo os cadeados e libertando os prisioneiros, que continuam em sua algazarra barulhenta. Assim, em pouco tempo, o corredor está repleto de gente, de homens e mulheres, de todas as idades, formas, feitios e feições.

Andam que andam, viram aqui, viram ali, atravessam corredores compridos como um medo feroz, sobem escadas, descem rampas... até que chegam diante de uma grande porta fechada.

— É aqui! — diz Verbigrácia.

Ela empurra a porta. E para o espanto de Natanael, de Tomenota, de Trívio Quadrívio e de todos os milhares de pessoas que vêm atrás deles, o que aparece agora é um imenso salão octogonal de piso preto, de paredes pretas, cheias de tochas acesas penduradas, e no centro exato dele uma... uma enorme estátua de pedra com a forma de uma serpente de duas cabeças.

— O que foi que aconteceu? — pergunta Trívio, muito espantado.

— Quando o primeiro enigma foi resolvido — responde Verbigrácia —, a cabeça de Matê-Má soltou um grito medonho e logo depois virou pedra...

— Então foi isso o estrondo que ouvimos — diz o visconde.

— E quando nós resolvemos o segundo quadrado mágico, o corpo inteiro do monstrengo endureceu para todo o sempre, amém... — conclui Tomenota.

O grande salão negro está apinhado de gente. O zum-zum é geral, um falatório só, muito diferente da cidade muda onde o menino e o livro foram presos pela primeira vez.

Natanael se lembra então da última figura bordada no grande tapete voador. Por isso, ninguém entende nada quando ele avança na direção da grande estátua, em atitude muito cerimonial. Ao se aproximar dela, tira o lápis do bolso. E agora? O que fazer? Examina com cuidado a serpente de pedra e percebe, então, que logo abaixo do lugar onde as duas cabeças se separam tem um ponto preto, bem definido, bem circular. Sem saber muito bem por quê, ele enfia seu lápis com toda força naquela marca. E o que acontece deixa todo mundo de boca aberta... A grande estátua começa a tremer, a tremer, a tremer, começa a se rachar por todos os lados, começa a se desintegrar, a se esfacelar, a desmoronar como se fosse um enorme castelo de areia... Bruuuuuummmm.... Shhhhhhhhhhhhhhh....

O pó cinzento se espalha, formando um círculo perfeito. E no meio dele, para espanto do menino e de todos ali presentes, aparece uma... lagartixa! Sim, um pequeno réptil, um lagartinho vermelho de duas cabeças, do tamanho de um filhote de rato recém-nascido!

— Eu bem que te disse, não foi? — diz Tomenota, muito cheio de si. — Quando o mistério se desfaz, as coisas se revelam no seu verdadeiro tamanho!

O bichinho, espantado, não sabe para onde correr. Tomenota, então, muito corajoso, caminha na direção dele. Quando chega bem perto, o livro se abre e simplesmente desaba em cima da lagartixa, como se quisesse esmagá-la com seu peso...

Natanael fica muito impressionado com aquela atitude inesperada de seu livro. Mas quando Tomenota volta a ficar de pé, a surpresa do menino é tão grande quanto a de todas as outras pessoas. O livro se abre e mostra uma pá-

gina onde está impressa a figura da lagartixa! E não é só isso: ele agora está tão alto quanto o próprio Natanael.

— Ela agora nunca mais vai fazer mal a ninguém — exclama ele, muito satisfeito. — De monstro que era virou uma simples figurinha estampada num livro! Morta para sempre na vida, mas preservada na história para as futuras gerações!

Todos querem se aproximar da página aberta, passar a mão nela, ter certeza de que a maldição realmente foi quebrada. No meio daquela agitação, Natanael se lembra de alguma coisa:

— Puxa vida!

— O que foi? — pergunta o livro.

— Na pressa de vir para cá, eu esqueci minha caixa de madeira com o último vidro de doce de abóbora no palácio do rei Logomáquio! (*Eu também tinha me esquecido dela, por isso resolvi inventar esse truque...*)

— Então vamos lá buscar! — diz Tomenota.

— Primeiro temos de sair daqui — sugere o menino.

Verbigrácia e Trívio Quadrívio, de mãos dadas, já foram até o círculo de poeira e voltam de lá agora, com um punhado daquele pó na mão. O visconde explica:

— Faço questão de guardar uma lembrança deste dia maravilhosíssimo! — e ele e sua amada guardam sua poeirinha em pequenos saquinhos de pano que trazem dentro dos bolsos.

— Muito interessante — diz Natanael —, mas agora eu preciso voltar ao palácio do rei Logomáquio...

— Claro que precisa! — exclama Trívio Quadrívio. — Todos nós precisamos regressar aos nossos lares...

— E também precisamos dizer ao rei que ele já pode libertar as palavras presas — completa Tomenota, que parece só se preocupar com isso.

— Se temos de sair, então é por aqui... — diz Verbigrácia, caminhando até um dos ângulos do salão preto.

— Se você sabia desde sempre onde era a saída, por que não fugiu? — pergunta Natanael, enquanto segue a valente cavaleira (*não me belisca, eu sei que o certo é "amazona", mas eu acho essa palavra muito esquisita... quero dizer "cavaleira" e pronto!*).

— Porque eu estava enfeitiçada, se esqueceu? — responde ela, sorrindo. — Além disso, na forma do javali-macaco, eu era grande demais para passar pela saída...

— E onde está, afinal, esta saída misteriosa? — pergunta Tomenota.

— Aqui... — responde Verbigrácia, apontando uma fresta muito apertada, cavada numa parede.

— Parece com a abertura do rochedo por onde nós entramos... — comenta o menino.

— Existem muitas iguais a essa, espalhadas por diversos pontos da floresta de Anonímia — explica Verbigrácia. — Cada uma delas cai num dos corredores do labirinto e, uma vez dentro, era impossível sair, por causa do escuro e do entrecruzamento das galerias...

Dizendo isso, ela se põe de lado e avança pela fresta. Trívio vai logo atrás dela. Natanael e Tomenota também. E, é claro, uma por uma, todas as muitas pessoas que até há pouco estavam presas em suas celas...

A passagem é estreita, apertada, mas não muito longa. Em poucos instantes, eles se veem ao ar livre, em plena floresta, às margens de um rio muito largo.

— Oh! O ar puro! — exclama Trívio. — Que saudades!

— Como vamos fazer agora para voltar ao palácio? — pergunta Natanael.

— Como foi que vocês vieram? — quer saber Verbigrácia.

— Num tapete voador — explica Tomenota.

Ao ouvir aquilo, as pessoas que já estão por ali em volta ficam muito surpresas. Algumas exclamam:

— É ele!

— O nosso salvador!

— Veio voando num tapete!

— A profecia se cumpriu!

— Viva!

E logo todos querem se aproximar de Natanael, passar a mão em sua cabeça, dar-lhe um beijo de agradecimento, ajoelhar-se a seus pés, apertar sua mão, abraçá-lo com toda a força, e muitos outros sinais de gratidão e reverência.

De repente, alguém exclama, apontando para o céu:

— Olhem! Vejam só!

Todos erguem a cabeça para o alto e o que veem é um objeto quadrado que está sobrevoando a floresta.

— É o tapete! — exclama Natanael. — Ele veio buscar a gente!

E realmente, poucos instantes depois, o grande tapete voador baixa ao solo e se estende aos pés do menino. A multidão fica observando, em silêncio, como se estivesse presenciando um milagre espantoso.

— Vamos logo embora daqui! — diz Tomenota, impaciente. — Temos muita coisa ainda para fazer, antes que o tempo se esgote...

— Mas não podemos ir embora sozinhos no tapete e deixar toda essa gente aqui — diz o menino, preocupado.

— Não se incomode conosco, ó herói da nossa gente! — diz um homem.

— Agora que a floresta não oferece mais perigo, podemos ir embora tranquilos! — exclama uma mulher.

— Isso mesmo — dizem outras vozes.

— Pode ir, cumpra seu destino — outras ainda.

Natanael pisa então no tapete, seguido de Tomenota, muito serelepe e faceiro. Quando chega no centro, porém, o menino se vira para Trívio e Verbigrácia e diz:

— Vocês dois não querem vir com a gente? Tem espaço de sobra nesse tapete!

O casal se entreolha, feliz. Verbigrácia responde:

— Queremos sim! — e trata logo de ir ocupando seu lugar.

— Já que você insiste... — diz Trívio, pondo-se ao lado dela.

Tomenota não gosta muito daquela companhia (*ele é mesmo um ciumento*), mas sabe que não vai poder impedir o menino de fazer o que quer.

O tapete então começa a vibrar e a se erguer lentamente do solo. Enquanto ele alça voo, as pessoas começam a se despedir:

— Adeus, valoroso herói!

— Obrigado, ó surpreendente guerreiro!

— Que os céus te protejam, magnífico!

A saudade da árvore

A volta a bordo do tapete voador está muito animada. Verbigrácia e Trívio Quadrívio não param de falar, contando um para o outro todas as suas aventuras desde que se separaram. Noel (*que não gosta de seu nome*) fica só ouvindo e dando muitas risadas, porque aquele casal é mesmo muito divertido.

Tomenota é o único que prossegue calado (*eu acho que a melhor palavra seria mesmo emburrado*). Tal como na primeira viagem, ele também agora está deitado, muito quieto, com medo de ser carregado pelo vento. Mais uma vez ele cresceu, e já está um palmo mais alto que o menino.

— Vai ser ótimo poder rever nosso amado rei Logomáquio! — diz Trívio Quadrívio.

— Espero que ele não demore a libertar as palavras presas! — comenta Tomenota. — É terrível pensar que elas podem ficar mais tempo ainda naquela prisão...

— Tenho certeza que vai ser a primeira coisa que ele fará quando nos vir chegar de volta — diz Verbigrácia.

— Sem dúvida! — exclama o visconde. — Aliás, vou propor a ele que dê uma grande festa para comemorar a libertação do nosso povo...

— E eu vou sugerir que ele ofereça um grande banquete — retoma Verbigrácia —, e o prato principal tem de ser uma gigantesca sopa de letrinhas! Assim ninguém mais vai ficar calado!

Todos acham a ideia muito divertida e riem gostosamente.

— Quem sabe assim ele recupera um pouco de juízo — diz o livro.

— O que o senhor quer dizer com essas palavras tão pouco gentis? — pergunta Trívio, visivelmente ofendido. — Já não é a primeira vez que se refere ao nosso rei com esse tom de escárnio... Saiba que, em Polissêmia, isso pode ser considerado crime de alta traição, suscetível de ser punido com o desmembramento de suas páginas, arrancadas uma a uma e rasgadas a golpes de espada...

— Crime ou não crime, eu quero dizer que ele poderia deixar de lado ideias tão estapafúrdias, estrambóticas e desvairadas quanto essa de impedir que as palavras tenham mais de um significado! — diz Tomenota, exaltado.

— O senhor não tem a menor noção do que está dizendo! — exclama Trívio. — Não sabe o tamanho do peso da responsabilidade imensíssima que é governar um país tão grande e cheio de gente quanto o reino de Polissêmia! Considero sua opinião de uma arrogância inominável, inefável e inenarrável!

— O senhor visconde é que passou muito tempo largado num canto de uma masmorra como um monte de ossos inúteis! — rebate o livro, num tom de voz ainda mais alto. — Eu sei muito bem do que estou falando! Sou um livro, por isso compartilho plenamente o sofrimento das palavras, me solidarizo com o tormento delas, me compadeço dessa sorte cruel que lhes foi imposta! E por isso repito: foi uma ideia insensata, demente, extravagante, repugnante, malcheirosa, fétida, bolorenta, tosca, abstrusa, obtusa, parafusa, parafina, paratáxica, afásica, dispneica, digressiva e sobretudo nauseabunda!

Tomenota fica tão exaltado que se esquece de continuar deitado sobre o tapete e se põe de pé ao gritar suas últimas palavras, irado. Ora, ao fazer isso, o vento aproveita para escancarar o livro, e começa a passar rapidamente suas páginas, numa velocidade e numa fúria que Tomenota não tem como controlar. Noel tenta ajudar, agarrando as duas capas com as mãos e fazendo força para fechar o livro, mas o vento continua a soprar forte no meio das páginas abertas, arrastando Tomenota perigosamente para longe do centro do tapete e cada vez mais perto da borda, e o menino junto com ele...

Quando Trívio Quadrívio e Verbigrácia tentam ajudar, é tarde demais, porque Tomenota e Noel já caíram do tapete e começam uma louca descida para baixo, numa espiral invisível de vento veloz, rodopiando como se estivessem

no olho de um furacão... O menino faz uma força terrível para permanecer agarrado ao livro, mas não sabe por mais quanto tempo seus dedos vão aguentar...

De repente, porém, tudo se acalma, o vento furioso dá lugar a uma brisa mansa, e o livro consegue então dizer:

— Fica deitado em cima de mim!

O menino faz o que o livro manda e se deita sobre as páginas abertas. Tomenota fica todo esticado para os lados, bem plano e bem teso, como se ele agora fosse o tapete voador perdido.

Noel, depois de recuperar o fôlego e se ajeitar da maneira mais cômoda possível no vão entre as páginas abertas, agradece:

— Obrigado, Tomenota! Foi uma ótima ideia sua ficar assim, nessa posição...

— Pelo menos a gente conseguiu se livrar daqueles dois chatos intrometidos! — é tudo o que o livro diz (*na verdade, ele nunca quer mostrar que também se assusta, fica com medo e coisas assim...*).

Noel levanta os olhos para o alto e não consegue ver mais nada além do céu muito azul.

— Espero que o tapete leve eles dois de volta ao palácio do rei Logomáquio — comenta. — Assim ele vai saber que a maldição foi desfeita e que já pode libertar as palavras da prisão...

— É claro que o tapete vai fazer isso — diz o livro. — Evidentemente, ele é muito mais esperto do que aquele visconde intrometido e a namorada apalermada dele...

Enquanto falam, o livro vai planando, deixando se levar pelo vento, que agora está muito mais tranquilo e gentil.

— Para onde estamos indo? — pergunta o menino.

— Não tenho a menor ideia, meu caro... — responde o livro.

— Até que enfim, uma pergunta para a qual você não tem uma resposta... — diz Noel, sorrindo.

— Como não tenho uma resposta? — replica Tomenota. — Eu já disse: "não tenho a menor ideia, meu caro"... Essa é a minha resposta...

— É impressionante como você nunca dá o braço a torcer... — diz o menino.

— Talvez porque eu não tenha braços... — sugere o livro, em tom sarcástico.

— Eu quis dizer... — começa o menino.

— Eu sei o que você quis dizer... — interrompe Tomenota. — Eu entendo a linguagem figurada, a metáfora, a anáfora, a anástrofe, a sínquise e os anacolutos...

— Lá vem você com suas listas de novo — suspira Noel.

— Eu sei o que quer dizer "não dar o braço a torcer" — prossegue o livro, indiferente ao comentário do menino. — E também sei o que significa "ter os olhos maior do que a boca", "dar com a língua nos dentes", "morder a língua", "meter o nariz onde não é chamado", "fazer ouvidos de mercador", "ter mãos de fada", "passar sebo nas canelas"...

— Você não sabe mesmo para onde estamos indo? — pergunta o menino, cortando mais aquela lista.

— Claro que não sei! — responde Tomenota. — Afinal, eu não sou um tapete mágico governado por forças místicas, transcendentais, sobrenaturais e metafísicas! Sou apenas um livro que está sendo carregado pelo vento... E o vento é o que há de mais imprevisível, caótico, perambulante, errático, vagabundo e transtornado que existe neste mundo!

Somente agora é que Noel entende o que Tomenota quer dizer. Afinal, em nenhum momento eles pararam de cair na direção do solo. Mais lentamente agora, é verdade, mas sempre caindo... De vez em quando, um que outro sopro do vento carrega eles um pouco mais para a esquerda, um pouco mais para a direita, mas nunca interrompendo a queda.

A paisagem vai ficando mais nítida à medida que eles vão perdendo altitude. O rio Loquaz continua brilhando lá embaixo com águas muito prateadas,

como se fosse um espelho comprido, em forma de cobra. Nas duas margens aparecem morros, campos e florestas.

De repente, numa das margens do rio, Noel repara uma grande mancha branca.

— Que coisa mais esquisita — comenta ele em voz alta.

— O que foi dessa vez? — pergunta Tomenota.

— Aquilo ali embaixo... — responde o menino, apontando um dedo na direção do que viu. — Está vendo?

— Estou...

— O que será aquela mancha branca, assim, no meio da paisagem?

— Parece que alguém passou uma grande borracha naquele ponto da floresta e apagou aquele trecho da paisagem — sugere o livro.

— É isso mesmo — confirma o menino. — Nunca vi nada parecido...

E não é que o vento começa a soprar justamente naquela direção? O livro vai baixando, bem devagar, e o menino pode ver mais de perto o trecho apagado da floresta.

— Na verdade, não está apagado de todo — diz Noel, quando começam a sobrevoar a área. — Está meio borrado, como se não tivesse sido apagado direito...

Tomenota vai dizer alguma coisa, mas o vento, de repente, puxa ele para baixo com violência. O livro, sem poder resistir, acaba pousando no solo, precisamente no meio da mancha mal apagada da paisagem.

Noel salta do livro e fica de pé. Tomenota também se levanta e se fecha, aliviado por estar agora em lugar mais seguro do que um tapete voador. Mas será mesmo um lugar seguro? O menino não entende o que vê. Esfrega os olhos. Será mesmo possível? Por que as coisas todas à sua volta estão assim?

— Estou me sentindo como uma pessoa muito míope que perdeu os óculos e não consegue ver as coisas direito... — comenta Noel, que certa vez foi fazer um exame de vista e o médico pingou um colírio para dilatar suas pupilas, e ele teve de passar o resto do dia vendo todas as coisas desfocadas e embaçadas.

Pois é assim mesmo que ele vê tudo o que está a seu redor. Árvores, pedras, pedrinhas, o próprio chão, o céu acima das árvores, as folhas e os galhos caídos no chão — tudo esfumaçado, como uma fotografia mal tirada ou uma lente de projeção fora de foco.

O único objeto que tem seus contornos um pouco mais definidos é uma árvore enorme, descomunal, que está bem à frente dele.

— Olha só, Tomenota, essa árvore...

— Pelo tamanho e pelas formas, tem toda a aparência de um baobá... — diz o livro, sempre preocupado em dar nome às coisas.

De repente, uma voz rouca e muito grave, vinda de dentro da árvore, pergunta:

— Quem foi que disse o meu nome?

Noel leva um grande susto. Tomenota, porém, com a maior naturalidade, responde:

— Fui eu, senhora árvore! A senhora não é mesmo um baobá?

— O que é um baobá? — pergunta a árvore.

— O baobá é uma espécie de árvore... — responde Tomenota, agora confuso.

— Árvore... árvore... árvore... — fica dizendo a voz, que parece muito cansada. — Ah, sim, árvore!

E quando ela diz aquilo, as árvores em volta ganham contornos mais definidos e nítidos. Noel acha tudo muito estranho. Somente agora ele observa que no tronco da árvore falante existe um grande buraco, por onde sai aquela voz cavernosa, e, acima dele, outros dois, menores, como se fossem olhos.

— Desculpe minha insistência, mas a senhora é ou não um baobá? — pergunta Tomenota, que não suporta ficar com uma dúvida quando se trata do significado de uma palavra.

— Baobá? — pergunta a árvore. — Baobá é o meu nome... Muito obrigada...

— Obrigada por quê? — quer saber o menino.

— Por ter me lembrado o meu nome... — responde o baobá, em tom melancólico.

— A senhora tinha esquecido? — pergunta o livro.

— Esquecido o quê? — diz a árvore.

— O seu nome... — responde o menino.

— O que é *nome?* — pergunta o baobá.

E ao dizer isso, as árvores ao redor perdem novamente os contornos, voltando a ficar borradas como um desenho mal apagado.

Tomenota, que está sempre disposto a ensinar, não perde tempo:

— Nome é a palavra com a qual designamos as coisas do mundo... — diz ele, em tom muito professoral.

— E o que são *coisas?* — pergunta a árvore, bem lentamente.

O livro passa as páginas depressa, como se estivesse pensando. E afinal responde:

— Coisa é tudo aquilo que pode ser chamado por um nome...

— O senhor está me confundindo... — responde a árvore, num suspiro.

Noel intervém:

— Ela tem razão, viu, Tomenota? Você deu uma explicação muito furada...

— Como assim, furada? — pergunta o livro, ferido em seu orgulho de mestre infalível.

— Na sua explicação, para saber o que é *nome* a gente tem que saber o que é *coisa*, e para saber o que é *coisa* a gente precisa saber o que é *nome*... — responde o menino, muito satisfeito por ter apanhado o livro numa falha.

— O senhor está me confundindo... — repete a árvore, sem ligar para a discussão dos outros dois. — O senhor está me confundindo com alguma outra... como é mesmo... ahn, sim, árvore...

E mais uma vez as árvores da floresta recuperam um pouco da nitidez de suas formas.

— Por favor, queira me perdoar — diz o livro, em tom cavalheiresco. — Se a senhora não é um baobá, que tipo de árvore seria então?

— Árvore? — pergunta o baobá, em tom de dúvida. — O que é árvore?

E, é claro, mais uma vez as árvores do bosque perdem seu desenho.

— A senhora está passando bem? — pergunta então Noel, que a esta altura já percebeu que tem alguma coisa de errado com aquela árvore.

— Eu nunca passo... — responde ela, num suspiro. — As coisas é que passam por mim. Eu estou sempre aqui, parada no mesmo lugar.

— E que lugar é esse? — quer saber Tomenota.

— Este é o lugar onde nasci, vivi, cresci e estou morrendo... — responde a árvore, com voz fraca.

— Morrendo...? — repete o menino.

— Cinco mil anos — diz a árvore.

— É a sua idade? — arrisca Tomenota.

— Cinco mil anos — repete a árvore, com voz cada vez mais fraca.

Noel se vira para o livro e diz:

— Uma árvore pode viver tanto assim?

— Evidentemente — responde Tomenota. — Pode viver até mais, se for um baobá...

— Quem disse o meu nome? — pergunta a árvore.

— Eu! — responde Tomenota.

— E quem é você?

— Eu sou um livro.

— Um livro? Nunca ouvi esse nome antes...

— E que nomes a senhora já ouviu? — pergunta Noel, aproveitando que a árvore parece ter se lembrado do que é um nome.

— Mais nomes do que se pode contar — responde ela. — Cinco mil anos... Nomes de tudo o que está oculto no coração da terra, de tudo o que vibra no ar, de tudo o que navega e flutua nas águas... Mas agora me esqueci...

— Se esqueceu de todos esses nomes? — pergunta o livro.

— Nomes? Que são nomes? — repete a árvore.

— Se quiser, podemos ajudar a senhora — oferece-se Tomenota, muito prestativo, ansioso por devolver a alguém o conhecimento das palavras, que ele ama tanto e mais do que qualquer outra coisa.

— Isso mesmo — anima-se o menino —, podemos ajudar a senhora a se lembrar dos nomes das coisas...

— Que são coisas? — pergunta a árvore, então. E as poucas coisas ali em volta que ainda têm um formato distinguível começam a se apagar, lentamente, perdendo a cor, a forma e o conteúdo.

E o menino começa a sentir uma tristeza aguda e fina, que morde seu coração, fazendo ele coçar, como uma picada de mosquito.

— Não adianta, Noel — diz o livro, baixinho. — Ela está morrendo...

— Então morrer é assim? — pergunta o menino, na verdade falando para si mesmo. — Morrer é esquecer o nome das coisas e por isso elas começam a desaparecer em volta da gente?

— As coisas só existem para nós quando damos um nome a elas — diz Tomenota. — Esquecer o nome das coisas faz as coisas deixarem de existir, para nós...

— Não é possível que seja assim — revolta-se o menino. — Se fosse assim, nada existiria antes da gente nascer...

— Mas talvez seja isso mesmo — diz o livro. — Como é que a gente pode saber se as coisas existiam e se já tinham nomes antes da gente nascer...? Quem te garante que o mundo não nasceu no mesmo instante que você? E como saber se ele continuará existindo depois que a gente se for? Aliás, como ter certeza até mesmo de que o mundo existe e não passa de uma grande ilusão de óptica?

— Por causa dos nomes, Tomenota, por causa exatamente dos nomes! — responde o menino, excitado. — Os nomes das coisas são a herança que a

gente recebe das pessoas que nasceram antes de nós. Se não fosse assim, os filhos não entenderiam os pais, e a gente não poderia ler o que os antigos deixaram... Os nomes são a prova de que o mundo existia antes da gente nascer!

Noel fica muito confuso com suas próprias palavras e também extremamente triste. Sem entender por quê, ele se aproxima do contorno desbotado de uma pedra e grita:

— Pedra! Seu nome é pedra! — e sai fazendo a mesma coisa com tudo o que está ali em volta: — Árvore! Flor! Capim! Bambu! Riacho! Terra! Ar!

Mas de nada serve o seu esforço. As coisas não querem obedecer. Pelo contrário, a cada instante mais elas vão se esfumando, desbotando, desaparecendo ali em volta. Até o céu, que estava azul, começa a ficar branco. Até o chão está virando fumaça...

— Noel, não adianta — diz Tomenota, com muito dó de seu companheiro. — Essa árvore está morrendo, e o mundo dela também...

Noel volta a se aproximar do grande baobá. Tenta acariciar o tronco da árvore, mas sua mão não consegue tocar em nada, como se a madeira estivesse diluída, desfiada, desfeita...

— Saudade — suspira a árvore, então, com um fiapo de voz.

— Saudade? — repete Noel, com uma voz também fraca.

— Saudade... será o nome de alguma coisa? — pergunta a árvore, quase sem voz.

E ao dizer isso, o gigantesco baobá também começa a se apagar, a se transformar em neblina esquecida, em nuvem de sonho, em névoa de nada...

Naquela floresta, então, todas as cores desaparecem, todas as formas, todos os sons, todas as coisas, todos os nomes...

Noel está tão triste que começa a chorar. Mas Tomenota então diz:

— Menino, olha para mim!

O livro está de pé, mais alto que um homem adulto e aberto no meio, como se fosse uma grande porta de entrada.

— Você tem de sair daqui! Venha para dentro de mim... antes que o tempo se esgote...

Noel, então, sem perder tempo, faz o que Tomenota lhe diz. Avança para dentro do livro, no momento exato em que toda aquela floresta deixa de existir para sempre...

O relógio e o cata-vento

Ao atravessar o livro, Gabriel primeiro vê tudo muito claro, depois tudo muito escuro, até que, de repente, Rafael percebe que está de volta à sala dos espelhos.

Mas desta vez Daniel está sozinho. Cansado e triste, Joel deita-se no chão, que agora é um grande espelho que reflete seu rosto.

— Tomenota! — Miguel chama. Mas nenhuma resposta chega por ali. — Tomenota! — Samuel insiste, mas o silêncio é maior ainda.

Uma grande saudade invade então o coração de Samuel.

Para onde será que ele foi? Será que também desapareceu junto com a árvore e a floresta? Mas então como eu pude entrar nele? Será que Trívio e Verbigrácia conseguiram voltar para Loquacidade? E o último vidro de doce de abóbora, para quem eu teria de entregar?

Tantas perguntas ficam girando no coração de Ismael, como um pião desgovernado. Ele se ajoelha no chão frio e descobre, espantado, que o desenho do piso mudou mais uma vez:

Mas é um relógio parado, com ponteiros que não se mexem e sem nenhum ruído de molas e engrenagens, nenhum tique-taque...

Ariel olha então para o alto, e o teto agora tem este desenho:

— Parece um cata-vento feito com muitas dobras... — comenta Ezequiel, em voz alta.

Mas aquelas palavras funcionam como uma senha mágica, porque no mesmo instante o cata-vento do teto começa a rodopiar lentamente, vai acelerando, acelerando, até girar tão depressa que deixa Manuel tonto...

Natanael tenta se levantar do chão, mas não consegue, porque agora também o piso começa a se mover, os ponteiros do relógio enlouqueceram, e giram mais depressa que as hélices de um avião desgovernado... e também as paredes, que são oito *ex-pelhos* negros, se põem a rodar, mas em direção oposta à do piso, o que só serve para deixar Noel ainda mais zonzo.

O menino fica deitado no chão, olhando para o rodopio louco do cata-vento, sentindo que dentro de seu espírito tudo também está rodando, confusamente, girando, para todos os lados possíveis...

De repente, uma voz estrondosa grita:

— Tempo esgotado!

Prova final

— Tempo esgotado! Tempo esgotado! Tempo esgotado!

Ao ouvir aquelas palavras, Abel (*que não gosta nada deste que é o seu nome*) leva um grande susto. Levanta a cabeça e vê o professor de pé, diante das carteiras da sala de aula, olhando para os alunos que ainda rabiscam alguma coisa em suas folhas de papel.

Abel é o último da sala. Enquanto o professor começa a recolher as provas de cada carteira, ele revê os papéis que estiveram sob seus olhos durante as últimas três horas, intermináveis como um pesadelo sem nome.

Das oito questões de gramática, ele só respondeu duas, porque não conseguiu se lembrar da diferença entre complemento nominal e adjunto adnominal, nem do coletivo de *cardeal*, nem do plural de *caráter*, nem do diminutivo de *rei*, entre outras coisas... Por isso, limitou-se a assinalar os dígrafos e a circundar as palavras proparoxítonas do poema, que nem pôde ler direito, porque o tempo era muito curto para tanta coisa difícil.

Quanto às oito questões de matemática, embora tenha respondido a maior parte delas, ele sabe muito bem que, como sempre, deve ter se enganado em algum cálculo, errado alguma fórmula, trocado alguma vírgula de lugar ou não deve ter entendido corretamente o enunciado do problema. A oitava, que era calcular a área de um octógono, ele tentou mais de oito vezes, foi e voltou, rabiscou e rabiscou, mas acabou desistindo...

— Tempo esgotado! — repete o professor, muito sério, de pé ao lado da carteira de Abel.

O menino estende as folhas, que o professor recolhe sem nem ao menos olhar para elas.

— Podem sair agora, mas em absoluto silêncio, por favor...

A ordem é dada pelo mesmo homem, que agora está ocupado em guardar todas as provas dentro de uma pasta de cartolina azul.

As crianças obedecem e vão saindo uma a uma, sem pressa e sem fazer ruído.

Abel recolhe seu lápis e sua borracha. Guarda tudo na mochila, que ele põe nas costas enquanto caminha na direção da porta.

Ao sair da escola, olha para o céu e vê que ainda não parou de chover, uma chuva que começou no momento exato em que o professor distribuiu as provas finais para uma classe bastante atemorizada.

Sem se importar com a água que cai do céu, ele caminha até o ponto, na calçada em frente à escola. Não demora muito para o ônibus passar. Abel sobe, ajeita-se num banco no fundo. E começa a pensar.

Se tivesse lido as gramáticas e as matemáticas... Mas no último mês, como durante todo o ano, aliás, ele tinha se distraído com coisas pouco sérias... Cada vez que abria um livro da escola, via em cima de sua estante outros livros piscando para ele, chamando ele com voz sedutora, e ele não conseguia resistir... *Alice no País das Maravilhas... Através do Espelho... As Mil e Uma Noites... O Pequeno Príncipe... O Mágico de Oz... Contos de Grimm... Contos de Andersen... A Bíblia Ilustrada... Reinações de Narizinho... Peter Pan...*

Abel suspira, sabendo que tem gente que não vai gostar nem um pouco se o resultado final for o que ele já sabe que será... Abre a mochila e tira lá de dentro um caderninho de capa colorida. Sorrindo, abre numa página qualquer e encontra:

ESCREVER É OUTRO MODO DE FALAR.
LER É OUTRO MODO DE OUVIR.
ASSIM, AS MÃOS FALAM.
ASSIM, AS BOCAS ESCREVEM.
DIZER É SER. ESCREVER É VER. VER É VIVER.
FAZER = FALAR + DIZER

Será que isso quer mesmo dizer alguma coisa?

Encontra também uma lista de dez culpas, e os doze nomes que gostaria de ter, se não se chamasse Abel.

Guarda o caderninho de volta e se alegra quando encontra, lá no fundo da mochila, um pequeno vidro com tampa de madeira, que ele pensou que tinha esquecido em algum outro lugar.

Enquanto o ônibus prossegue pelas ruas da cidade, entre relâmpagos, vento forte e muita chuva, Abel vai pensando na vida, na saudade que existe em todos os nomes, nas coisas que provavelmente existem, mas que ainda não conhecemos porque não demos nomes para elas...

Olhando pela janela embaçada e úmida, como um espelho defeituoso que mostra apenas a saudade das coisas (*o mundo como um labirinto imperfeito, um calidoscópio quebrado, um xadrez sem regras, uma espiral mal desenhada*), Abel vai comendo seu doce, feliz e infeliz, misturadamente, tentando ver as coisas de um modo diferente (*antes que o tempo se esgote*) porque (*ele agora já sabe*) nem tudo o que parece deixa de ser o que não é...